朽葉屋周太郎
Syutaro Kuchibaya
バケモノ
希望をレンタルしてみませんか？

Contents

デザイン／bookwall

バケモノ

希望をレンタルしてみませんか？

朽葉屋周太郎
Syutaro Kuchibaya

第一章

もんすたぁ♡

はじめから何もかもおかしかった。

大学生活がはじまる直前の春休みのこと。

その日、巡森翠《めぐりもりみどり》は天下一能天気な顔で商店街を歩いていた。

引っ越しが済んだのは、つい一日前。安房国《あわのくに》の田舎町から下総《しもうさ》南部の船橋《ふなばし》市へ、進学を機に越してきた。自転車で大学まで七分、最寄《もよ》り駅《えき》までは一五分のアパートを新居とし、新生活に胸を躍らせると同時に気を引き締めてもいた。はじめてのひとり暮らし。何もかもが自由とはいえ決して堕落することなく、おはようからおやすみまで、清潔で美しく健やかな毎日を送ろうと心に決めていた。

そんな彼女がスーパーで一番安い洗剤と漂白剤を買い、ビニール袋を提げ、特に理由のない微笑《ほほえ》みを浮かべ、無防備なフォームで商店街を歩いているとき、男は現れたのだった。

道の先から猛烈な勢いでその男は走ってきた。すぐ後ろには自転車を立《た》ち漕《こ》ぎするもうひとりの男がいる。両者ともに凄《すさ》まじい速度だ。自転車に乗った男は怒鳴り声を上げている。どうやら前の男を追いかけているらしい。そう分かったとき、やっと彼らの容姿がはっきりと見えてきて、巡森は驚いた。

追われている男は見慣れた制服に身を包んでいる。

「お巡《まわ》りさんだ……」

　それを追いかける大柄の男は薄い褐色の肌をしており、鼻は高く、顎から頬までが短い髭《ひげ》に覆われている。

「インド人だ……」

　何事だろう。

　日本の商店街で、日本の警察官が、インド人に追いかけられている。世にも奇妙な光景だ。何がどうなって現状に至ったのか、事の次第にまるで見当がつかない。

　昼下がりの商店街を行き交う誰もが彼らふたりに視線を注ぎながら、決して関わり合いになるまいと道を空けている。

　やがて警察官は、呆気《あっけ》に取られる巡森の目前にまで接近してきた。慌てて道の端に身を側《そば》めようとする巡森だったが、その必要はなかった。警察官は突如直角に曲がり、焼鳥屋と古ぼけた化粧品店のあいだに入っていったのだ。

　息を呑《の》む巡森の前に、続いて自転車に乗ったインド人がやって来て急ブレーキをかける。彼は荒く呼吸しながら、身を乗り出すようにして建物のあいだを覗《のぞ》き込《こ》んだ。

　そして大きな溜息《ためいき》をついた。

なんとなくの好奇心から巡森も首を傾けて覗いてみるが、ふたつの店のあいだに警察官の姿は見当たらない。ただでさえ真《ま》っ直《す》ぐに歩くこともできないような隙間にガスや電気のメーター、エアコンの室外機などが設置してあるので容易に進入できそうにない。男は一体どこへ消えたのだろう……。

インド人はとてもやり切れないといった顔で何事か叫んだあと、さらに「ふざけんなよ！」と明瞭な日本語でも声を上げた。

悲しみと憤《いきどお》りを露《あら》わにする彼から、このまま何事もなかったかのように離れるのも気が引けて、巡森は「あの――」と尋ねてみた。

「何があったんですか」

「くいにげダヨ！」

「食い逃げ？」

「あのオトコの人、ワタシの店、食べたよ。でもおカネはらいません」

大きな身体《からだ》に似合わぬ甲高い声で彼は訴える。下がり切った口角が憐《あわ》れを誘った。

「大丈夫、ですか」

なんと励ましていいか分からず、そんな空疎な言葉を口にする。

「大丈夫ナイヨ」

　彼は自転車の向きを直しながら、先程までとは比較にならないほど小さな声でそう呟《つぶや》き、今しがた爆走してきた道を引き返していく。詳しい事情は分からないが、その丸まった背中に巡森は同情を禁じ得なかった。わりと簡単に同情を禁じ得なくなるのが巡森翠の良《い》いところでもあり、本人にその自覚はないが、危ういところでもある。

　それにしても――。

　警察官が食い逃げとは、これは只事《ただごと》じゃない。

　しかも制服を着ていたのだから勤務中だろう。とても信じがたい話だ。本当ならば一大不祥事に違いない。

　巡森はこの街の治安に俄然《がぜん》、不安を覚えて唇をギュッと結びながら、帰宅するべく再び歩き出そうとしたが、目の前の化粧品店からさっきの警察官が出てきたので足を止め、「あっ」と自分でも気づかぬうちに、無遠慮に、人差し指を向けた。

　男は辺りを見回して追っ手がいないのを認めたあと、巡森の存在に気づいて、フンと鼻に詰まったナッツ類を吹き飛ばすかのような息を吐くと、被《かぶ》っていた制帽を脱ぎながら近づいてきて、ピンと伸びた巡森の人差し指にそれを引っかけた。

　そして何も言わずに去ろうとする。

「――え？　あの……えっ、なんですかこれ」

しばし呆気に取られたあとで巡森が慌てて声を上げると、男は振り向いた。

「帽子が邪魔だなあと思いはじめた頃にちょうど指を突き出されたら、引っかけるのが人情ってもんだろ」

さも当然といった語り口だ。しかし「もんだろ」と言われても……、その主張は巡森にとって知らない国の小さな村の奇妙な風習に等しく、どこがどう「人情」なのかまったく理解不能で、返す言葉に窮した。

すると男は迷惑そうに顔を曇らせて、厳しい口調で問い詰めてきた。

「帽子を預かる気がないなら、なんで指を向けた。どういう了見だ」

巡森は畏縮した。怒られたような気がして、「それは、あ、あな、あぬたが――」と頭も唇も上手《うま》く働かなくなった。

「なんだか怪しいやつだな」

訝《いぶか》しげな眼差《まなざ》しが巡森の身体を刺す。

巡森もまた首を縮めながら、警戒心たっぷりの上目遣いで男を見返した。

まともな人間でないことはすぐに分かる。細身で手足が長くモデルみたいな体型をしているが、片脚に体重を偏らせ、首も少し傾け、ポケットに手を突っ込んだその立ち姿にはピンとしたところがひとつもない。本来は端整な顔立ちをしているのかもしれないがなぜかまったくそう感じられず、唇の端がわずかに持ち上がっているのに笑顔から最も遠い表情に見える。不敵、だが、どこか魂の欠けたような顔だ。およそ警察官として市民を守ろうという気があるとは思われない。むしろあらゆる市民の人生を万遍なく小馬鹿にしていそうだ。帽子を取った頭はちょっと珍しいくらいもじゃもじゃで、控え目に言って雀《すずめ》の巣、やや誇張して言えば雷雲の切れ端。眉間には三日三晩不眠を貫いた者にのみ許される深い皺《しわ》が刻まれており、頬は世にも不健康な色をしていて今にも毒液が滲《にじ》み出《で》てきそうだ。ただ瞳だけが、狡《ずる》い大人の嘘《うそ》を暴《あば》き立《た》てて物置に閉じ込められた少年のように、ひどく繊細な光を宿している。

「何もないのか」

男はポケットから手を抜いて腕組みをし、視線を周囲にさまよわせながら話した。

「これといった理由もなく通りすがりの他人を指差したってのか」

「それは、えっと……」

「それが楽しいなら変わった趣味だ」

「違います」

「楽しみでもなくやってるなら尚更《なおさら》ヤバい。病院行け」

「そうじゃなくてッ」

「まあいいさ。用はないんだろ？　だったら――」

男は組んでいた腕を解《ほど》き、巡森の手から帽子を奪うと「サヨナラだ」と告げながら頭に載せた。

「ちょっと待ってください」

「いや、待たない。俺は待たないんだ」

踵《きびす》を返し、離れていく。

巡森は束《つか》の間《ま》、逡巡《しゅんじゅん》した。この食い逃げ容疑者を追いかけるべきかどうか。そうして結局、正義感からではなく、家路の方向がそちらという理由に押されて、早足で彼の斜め後ろについた。

「あなた、食い逃げしたんですか。お巡りさんなのに」

「俺のどこをどう見て警官だと判断してんだ」

彼は驚くほど滑舌がよかった。低い声音で早口で、あまつさえ巡森に背を向けて話しているのに言葉の輪郭がとても明瞭だ。

「どこっていうか丸ごとです。上から下まで」

「そうか。そういうことなら、お前には失望した」

「初対面ですよね」

「俺が何を食べたと思う」

「え。いや。分かりま――」

「当てずっぽうでいい。何か言ってみろ」

「カレー、とか、ですか」

「なるほど。まあまあ――」

男は片手を顔の横でひらひらと動かした。まるで蠅《はえ》を払うみたいに。

「寒気がするほど間違ってるわけだが」

「普通に間違ってるでいいでしょ」

「なんでカレーだと思ったんだ。――いや、答えなくていい。どうせやつがインド人だからとか、そんな程度の考えだろう」

「それは、まあ……違うと言ったら嘘になりますけど」

「その安直さは絶望に値する、あるいは絶望のエレメントを内包している」

「なんでそこまで言われなきゃいけないんですか」

「残念ながら俺が食い逃げしたのはエスカロップだ」

え、えすか……っぷ？　知らない料理名が出てきたので巡森は軽く咳払《せきばら》いし、聞こえなかったことにした。

「全然残念じゃないけど、やっぱり食い逃げしたんですね」

「騒ぐな」

商店街を抜け、大学前の通りに出た所で男は振り向いて、「一番大事なことを教えてやるよ」と告げながら巡森の額に人差し指を突き立てた。

「うわっ。なんっ、急になんですか」

「やつはインド人じゃない。ネパール人だ」

一番大事かどうかはともかく衝撃の事実ではあった。

「一体どこをどう見てやつをインド人と決めつけた。衣服、肌の色、唇の厚さ、鼻の形、髭――どれをとっても特定し得ないと思うが」

たしかにそうだ。どうして最初から決めつけていたのだろう。改めて考えてみると自分にもわけが分からなかった。

「おっしゃる通り、まったく根拠のない決めつけでした」

「同じように俺が警察官っていうのも勝手な決めつけだ」

「それは全然同じじゃないです」

本当はもう分かっている。いい加減、この男から離れるべきなのだ。頭の中の最も冷静な部分は、ずいぶん前から警告を発し続けている。これ以上、この男と話してはならないと。これ以上話すとストレスで病気になると。だがその警告を受け取りながらも結局、巡森は男の後ろについて歩き出してしまう。なぜなら進む方向が一緒だからだ。大学や病院の前を通り過ぎて段々と人通りも少なくなり、住宅街に入っていくが、男の進む道は巡森の帰路と一致していた。一体どこまで——。

「どこまでついて来る気なんだ」

「べ、別に、ついて行ってるわけじゃありませんよ。私の家もこっちの方なんです」

「出来の悪い嘘だな。やる気あんのか」

「ありますよ！　……え？　ありませんよ！　嘘じゃないですよ！」

「騒ぐなよ」

男が再び振り返る。

巡森はまた額に指を突き立てられると思って咄嗟《とっさ》に身を後ろへ反らせる。ところが男が突き出したのは人差し指ではなく拳銃だった。腰のホルスターから抜き取られた回転式の銃が、グッと巡森の眼前に掲げられた。

「今度こそサヨナラだ」

「ちょ、ちょっと、待っ——」

「俺は待たないんだ」

人差し指の腹が引き金にかかる。しかし男はそこで「いや」と呟いた。

「先に礼を言っておこうか」

「れい……？」

「近い未来の話だ。ラーメンを奢《おご》ってくれただろ。感謝してるぜ」

なんのことか分からなかった。未来の話と言っておきながら「くれた」と過去形なのもおかしい。有効な命乞いのためのヒントが男の言葉の中に隠されているかもしれない、そう巡森は思うが、ラーメンを奢る未来になどまったく心当たりがない。

混乱する巡森に銃口を向けたまま男は一瞬だけ目を瞑《つぶ》り、遠くの音に耳を澄ませるように難しい顔をしたあと、「多分その日は雨だ」と再び未来を口にする。

「傘は大事にしておくといい」

それから咳払いするほどの何気なさで発砲した。


死んだ。

ああ、死んだ。

おはようからおやすみまで清潔で美しく健やかな毎日がこれからはじまるはずだっ

たのに、永遠のオヤスミ。

巡森は両手で額を押さえながら我が身の不幸を託《かこ》って「はーあ」と嘆息し、自分の口から漏れたその音を聞いて死んでいないことに気がついた。

額から両手を離すと男の姿は消えていた。前後左右見回してもどこにもいない。月極《つきぎめ》駐車場、薄緑色の外壁のアパート、それらに挟まれた空き地にも人影はない。

「なんだったんだ……」

あの男は、一体——。

それなりに言葉を交わしたはずなのに結局その素性について何も分からなかった。

空き地では猫があくびをしている。雑草がぴょんぴょんと生えた敷地《しきち》の真ん中で、サバトラ柄の身体を丸めながら目を細めている。遠くから救急車のサイレンが聞こえ、前に向き直ったとき、巡森は足元に妙なものが落ちているのを見つけた。

肌色の小さな物体だ。人間の指先のような太さと長さと形をしている——というよりそれは人間の指先だった。ギョッとしながら屈《かが》んで注意深く見てみると、ようやくゴム製の作り物であることが分かった。大人の人差し指の第一関節から先を模したオモチャだ。こんなものはさっきまで落ちていなかった気がする。巡森はそのニセ指を拾い上げて掌《てのひら》に載せる。そして反対の手で額を擦《さす》った。銃で撃たれ、死にはしなかったものの、微《かす》かな痛みが皮膚に残っている。このニセ指を額に撃たれた、ということだろうか。

まったく気味の悪いオモチャだ。これを撃った彼はどこに消えたのだろう。分からないことばかりだ。どんな理由で自分が撃たれなければならなかったのか。彼は本当に警察官ではないのか。それではなぜあんな恰好《かっこう》をしていたのか。エスカロップとは何か。いや、それはどうでもいい。「ラーメンを奢る」「その日は雨」「傘を大事に」という謎の予言もまた、どうでもいいこと、なのか——？

何も分からない。けど、考えない方がいい。忘れた方がいい。そんな気がする。ふと横目で見た先にサバトラ柄の猫はもういない。

巡森は改めて指のオモチャを眺め、

「気持ち悪い」

そう呟きながらも、仕方なく、鞄《かばん》の内ポケットにそっと落とした。

＊

夕闇が街を覆いはじめる。

入学から数日が経《た》ち、謎の食い逃げ男のことなど忘れて潑剌《はつらつ》とした気持ちでいたある日、大学を出てアパートまで自転車で走っていた巡森は、その短い帰路の途中で急ブレーキをかけた。

キッと鋭い音が薄暮の住宅街に響き渡る。

そこは男に額を撃たれたのと、ちょうど同じポイントだった。すぐ脇に空き地があって、猫があくびをしていた場所だ。だが今はまるで様子が違う。目の前の光景に巡森はポカンと口を開ける。

店が建っているのだ。

今朝《けさ》、大学へ向かう際にも同じ道を通った。その時点でまだここは空き地だったはずだ。少なくとも工事などをしていた記憶はない。

にもかかわらず、雑草がぴょんぴょんと生えていたはずの地面が今ではアスファルト舗装されている。その上に建物が建ち、しっかりと外装が施されて看板に明かりまで入っている。店が完成している。

建物は一般的なコンビニよりもやや小さい。入り口上部に掲げられた看板はネオンサインで「もんすたぁ♡」とピンク色に光っている。

自転車に跨《また》がったまま巡森は顎先に指を添えて考える。

いくらなんでも、たった半日で更地に店が完成するなどあり得ない。

この不可思議な状況をつぶさに観察した上で、清澄なる思考を巡らせたとき、立ち得る仮説は三つある。
一、店舗がまるごと天から降ってきた。
二、店舗がまるごと地から湧いてきた。
三、私が場所を間違えている。
ここからさらにもう一歩だけ冷静になると、たちまち一と二の仮説が天地へ還《かえ》る。したがって巡森の勘違い、この店と今朝通りかかった空き地とは別の場所であるというのが唯一有力な説となる。換言すれば、それ以外に説明がつかない。

しかしながら注意深く周囲を見回すほどに、今朝通った、そして男に撃たれたのと同じ地点であるという不都合な確信が深まった。両隣に月極駐車場と薄緑色の外壁のアパート、裏手に雑木林で向かいには小さな蜂蜜屋。

これはもはや一八歳の巡森の手に余る謎であり、そもそも巡森が取り掛かる必要のない謎だ。しかし彼女は自転車から降り、通りに面した大きなガラス窓から店の中の様子を窺《うかが》った。

店内には照明が点《つ》いている。だが明かりは紫煙のように天井近くを漂うばかりで、全体は湖に沈められたみたいに薄暗い。人ひとりが通れるだけのあいだを空けて大きな棚が幾つも並んでいるせいかもしれない。棚に陳列されているのはＤＶＤソフトのようだ。はっきりとは見えないが、様々な字体のタイトルが細長い背ラベルに記されている。ソフトの販売、あるいはレンタルをしている店だろうか。

巡森は、いつの間にか鼻息で白く曇らせるほど窓ガラスに近づいていたことにハッとして二歩下がった。その瞬間、自らが曇らせたガラスの向こう、棚と棚のあいだを人影がよぎった。見えたのはわずかの間だ。それでも巡森にはあの男だと分かった。ついさっきまで男の存在など忘れていたのに、なぜかそのように直感した。相手はこちらに気づいたろうか。覗き見をしていた身なので出て来られると挨拶に困る。それにあの男のことだから、また特殊な責め方をしてくるに違いない。巡森は慌てて踵を返し、自転車に跨がった。そうしてペダルを踏み込む前に、もう一度建物に目をやる。

「もんすたぁ♡」

そう象《かたど》られたネオン管が放つピンクの光のいかがわしさたるや並大抵ではない。その明かりは巡森の胸の底に不安の影を作る。あの男は単なる客か。それともまさか、この店の主人なのか……。後者であるという濃厚な予感が夕風に紛れて漂ってくるので巡森の表情は自然と渋くなる。もし本当に後者なら、自らの新居のすぐ近くにあの正体不明の男が根城を築いたことになる。

不吉だ。

なるべく近づかないようにしよう。

あの男はこちらの顔など覚えていないかもしれないが、それでも再会は避けるべきだ。関わってはならない。具体的な脅威性については何も分からないまま、巡森の本能は告げていた。ゆゆしき事態だ、と——。

明日からは大学への行き帰りにも違う道を使うことにしよう。そう考えながら店から離れようとしたとき、ふと入り口脇の貼り紙に気がついた。

一体どんな筆で書いたのか、まるで紙面を汚すことを目的としたような、恐ろしく乱雑な、毛羽立った赤茶色の字で、

「アルバイト募集中」

そう書かれていた。

＊

清く。正しく。なるべく美しく。

巡森翠は優しい大人達《たち》に囲まれて健やかに、朗らかに、のびのびと、人並みに馬鹿馬鹿しく無為に子供時代を過ごし、ちょっとした挫折やそれなりに重大な喪失を経験し、その結果として困った人を放っておけない、見なかったことにできない、心根の真っ直ぐな人間に成長した。

東に病気の友あれば行って看病してやり、西に疲れた母あれば行ってエコバッグを持ってやり、南の死にそうな人とか、北の喧嘩《けんか》とか訴訟のことなんかは露知らず、あくまで目の届く範囲において、友や家族や見ず知らずの他人に進んで手を差し伸べた。何か特別な心掛けがあってそうするのではなかった。自分の一日も他人の一日も穏やかに流れるように少しだけ関わり合うことは、巡森にとって大儀ではないのだ。

ある風の強い日曜に巡森は傘を買うため出かけることにした。引っ越しの際に実家から持ってくるのを忘れたので、困る前に用意しておこうと考えたのだ。

最寄り駅から京成線《けいせいせん》に揺られて一〇分程度で船橋競馬《ふなばしけいば》場《じょう》駅、そこから無料送迎バスに乗ればすぐに「ららぽーと」へ到着する。

快晴の日曜ともあって大型ショッピングモール内は大変な混雑ぶりである。しばらくぶらついたあとで巡森はある雑貨屋に入った。

小さな店の壁には竹林が描かれ、天井からは異国の魔除《まよ》けアイテムのようなものが吊《つ》るされており、どの棚にもびっしりと商品が詰め込まれている。入ってすぐの所に伊達眼鏡《だてめがね》とサングラスの回転式ディスプレイスタンドがあって、日曜なのに制服姿の女子高校生三人組が次々に顔にかけては笑い合っている。

商品に袖を引っかけないよう注意しながら店の奥に進んでいくと、火焔土器《かえんどき》のような傘立てに幾本かの傘が挿さっているのを見つけた。犬、蛙《かえる》、猫、鶏、馬、人など様々な動物の足跡が色鮮やかに印《しる》された傘を巡森は気に入って、レジカウンターに持っていった。

店員が値札を切り離すあいだ何気なく首を回すと、棚と柱のあいだから老齢の男の姿が見えた。色彩豊かな店の中で、古く汚れたジャケットを羽織った彼の姿は違和感を生んだ。逆立った白髪は水蒸気のように儚《はかな》げだ。彼は棚に並んだ帽子を頭に載せては戻すのを繰り返している。巡森が買い物を終えて店から出たとき、老人の後ろ姿があり、彼の頭には雑貨屋の商品である虹色のニット帽が載っていた。

あっ、と思うと同時に駆け出していた。

「帽子、被ったまんまですよ」

老人に追いついて、自分の頭を指差しながら教えた。巡森には、そのことを教えたいという以外の余計な感情はなかった。口元には人懐《ひとなつ》こい笑みを、目元には適度な敬意を湛《たた》えていた。しかし老人は巡森の顔に一瞥《いちべつ》もくれなかった。彼は乱暴な手つきで帽子を脱ぎ取ると巡森の肩口にほうった。舌打ちをし、驚くほど敵愾心《てきがいしん》の籠もった目で巡森の胸元を睨《にら》みつけると踵を返して、不機嫌を撒《ま》くように肩を揺すって去った。

恥、だったのだろうか。

遠のく背中をしばし呆然《ぼうぜん》と眺めたあと、巡森は足元のニット帽を拾い上げた。

気まぐれに被ってみただけの、こんな派手な帽子を、気づかず店外にまで持ち出してしまったことが恥ずかしかったから、あんなに機嫌を悪くしたのだろうか——。

店に帽子を戻してから屋外に出ると、風はいっそう強く、空の低い所をびゅんびゅんと雲が流れていた。歩き出した巡森のすぐそばで、七台の自転車が風に負けて将棋倒しになる。これもまた放っておけず、自転車置き場のサイドパネルに傘をかけて、端の一台から順番に立てていき、やっとの思いで七台すべてを元通りにして離れようとしたとき背中から声がした。

「なにあいつ」「パクろうとしてたんじゃない？」

振り返ると、話しているのは中学生くらいの男子達だった。巡森が七台目の自転車から手を離したところのみを目にして、そう疑ったのだろう。

引き返して弁明したい思いもないではない。だが今はそれがひどく億劫《おっくう》だった。

先刻の老人の件もあり、さすがに少し落ち込んだ。

巡森はこれまで、良かれと思って取った行動で、かえって怒られたり気まずい思いをしたりという経験がなかった。ほとんどの場合、喜ばれてきた。ときには褒められもした。それはきっと彼女が常に他人の顔色を窺うことなく行動に移るからだった。巡森の笑顔には魂胆もなければ方向性もない。カーテンを開けたら陽《ひ》が差し込むのに似た、最初からそこにあったような感じが人を安心させる。

それが今日ばかりは少し違った。

『パクろうとしてたんじゃない？』

帰りの電車に揺られながら、少年の声が耳に蘇《よみがえ》る。それと同時に、ある可能性に思い至った。

あの老人は帽子を盗もうとしていたのではないか。

巡森は自分の頭に浮かんだその考えに不意打ちを受けたような心地がした。

無論、憶測の域に留《とど》まる話ではある。しかしその憶測は、帽子を投げつけられたときよりも深く気持ちを沈ませる。

さらに悪いことは続くもので、自宅近くの京成大久保《けいせいおおくぼ》駅のホームに降りたとき、巡森は自分の手に傘がないことに気がついた。車内に忘れてきたのだろうか。……分からない。とにかく、冴《さ》えない今日の唯一の収穫物すら手から失《う》せたのだ。

自販機でミルクティーを買ってホームのベンチに腰かけた。近くに人がいないことを確認してから「はぁ」と掠《かす》れた声を吐き出す。

もう今日は何もしない。このミルクティーを飲み終わったら駅員さんに忘れ物のことを伝えて早足で帰宅、そして家から一歩も出ない何もしない誰にも会わない。そう心に誓った。

ホームに隣接した踏切《ふみきり》の警報機が鳴る。遮断機が下りる。

目の前をひとりの青年が通り過ぎた。巡森は視線を落としていたので、彼の靴紐《くつひも》がほどけてしまっていることにすぐに気がついた。

いつもなら声をかける。あの。靴紐、ほどけてますよ。当たり前のように言うだろう。けれども今はそれができない。もしまた裏目に出たら、と思うと行動に移れない。巡森はすっかり臆病になっていた。

青年はほどけた靴紐に気づいたらしく屈み込んだ。その後ろから歩いてくる女はスマートフォンを弄《いじ》っている。女の左脚が青年の肩にぶつかった。青年は屈んだ体勢のまま倒れていき、靴紐にかけた指が抜けないせいで頭から線路上に転落していった。

巡森の手からミルクティーの缶が落ちて音を立て、ぶつかった女が「誰か――」と声を上げるのと同時に、電車の接近表示器が点灯する。

巡森は即座に立ち上がってホームの縁《へり》から下を覗き込み、青年がいまだ上体を起こしていないのを認めると迷わず飛び降りた。上手く着地できずバラストに膝を打ちつけて出血したが痛みを覚えるほどの余裕はない。レールに突いた手に振動を感じ、横目で見た先にはもう電車が迫っていた。

青年の胴に腕をかけて力を込める。

その途端、ひどく冷たい確信が巡森の胸の内を埋め尽くした。

ホームには必死の形相で声を飛ばす者達がいる。しかしどんな言葉も耳に入ってこなかった。どよめきの最中《さなか》で聞くことができたのは唯一、

「間に合わない」

という自らの声だった。

＊

病院の自動ドアから外へ出てすぐに足を止めた。頭が思うように働かず、ロータリーや駐車場を眺めながら抜け殻のように立ち尽くした。

電車の非常警笛が身体中の骨に染《し》み込《こ》んで消えない。

あのとき、やはり巡森の力で青年の身体を引きずることは叶《かな》わなかった。すんでの所で青年が目を覚まして身を翻《ひるがえ》し、ふたりとも後ろに転んだことで正面からの衝突は免《まぬか》れたが、彼の右脚は車輪により轢断《れきだん》された。総身を震わせるような非常警笛が響く中、枕木が赤黒く濡《ぬ》れていく様をはっきりと見た。

巡森の方は掌や膝に擦り傷を負った程度で、念のために病院まで運ばれたが検査や治療はすぐに済んだ。それから警察官に事情を訊《き》かれ、詳細はまた後日ということで住所や電話番号を伝えて、今日のところは帰宅することになった。青年は駅近くにある中央公園の野球場からヘリコプターで救命救急センターに搬送されたという。

ロータリーをあてどなくさまよっていた視線は、しばらくしてある一点に引き寄せられた。

正門からの緩やかな勾配を歩いてくる人がいる。堂々と車道の中央を歩き、ロータリーを斜めに突っ切り、灌木《かんぼく》の隙間を抜けて正面玄関に近づいてくる。

商店街で出会った、あの蓬髪《ほうはつ》の男だ。

警察の制服ではなく漆黒のフォーマルスーツを着ている。ネクタイも柄のない黒色だ。男は目を合わせることもなく巡森の真横までやって来ると、同じようにバス乗り

場の方を向いて、

「どんな感じだ」

出し抜けに言った。

「私に話してますか」

「霊感はない。電話もしていない。そして俺は自分の声が届く範囲にいる人間にしか話しかけない」

「今日はお巡りさんの恰好じゃないんですね。それは……、喪服ですか」

「仕事のときはこうだ」

「仕事って……？」

「死神さ。嘘さ」

「一秒で後悔する冗談言わないでください」

どうしても声に活力が籠もらなかった。

「色々あって今はあんまり、お喋《しゃべ》りできるような気分じゃないですから」

「だから俺の質問に答えないわけか」

「それは質問の意図が分からないからです」

へえ、と男は興味なさそうに応じてから、長時間のデスクワークによる疲れをほぐ

すみたいに首を回しつつ、

「事故の一部始終、見てたぜ」

昨晩放送していたラジオ番組について語るほどの気安さで言った。

「え？」

「それなりに無鉄砲だった。でもそんなお前の行動によって人ひとりの命が救われたんだ。それについてどんなふうに感じてる？　――ってことを訊いたつもりの質問だったんだが、文脈から酌《く》み取《と》れなかったか」

「文脈も何も開口一番だったじゃないですか。それより今、いの――」

呼吸のタイミングを誤って言葉が途切れる。横に立つ男の顔を窺いながら改めて、おそるおそる尋ねた。

「今、命が救われたって言いましたか」

「言ってない」

「一秒でバレる嘘つかないでください。言いましたよ。あの人、助かったんですか」

「瀬古正輝《せこまさき》」

男は静かにだが力強く言う。

「お前がいなければ即死していた男の名だ」

不意に真横から強い風が吹いた。

「右脚の膝から下は失われたが人生は続く」

男の言葉は遥《はる》か高みから降る槍《やり》のように一方的だ。

また非常警笛が巡森の脳裡《のうり》に響く。右脚を呑み込んでいく車輪も、摩擦により熱せられた血の臭いも、すべて今ここにあるかのように感じ取れる。

「満足してるか」と男は問う。「お前の行動がやつに未来を与えたんだ」

「そんなこと聞いてどうするんですか」

「どうするのか……か。それは俺のみぞ知ることだな」

「だから訊いてるんです。あなたは、あの人とどういう御関係ですか」

「やつとは事故の直前まで一緒にいた。バイトの面接でな」

男はそう言ってから「ちなみに不採用だ」と不要な情報をつけ加えた。

「バイトってＤＶＤ屋さんですか」

「まあ、そうだ」

言い当てられたことに驚く様子もない。巡森はさり気なく男の顔を眺める。横顔の線は凜々《りり》しいが、全体的にはやはり、あらゆるものを少しずつ馬鹿にしているみたいな表情だ。

何が目的なのか、男の質問にはどんな意図があるのか、皆目分からない。ただ答えは巡森の中ではっきりしていた。満足など——。

「満足なんて……」

自らの行動を誇ることも、結果を喜ぶことも、できるわけがなかった。

「してませんよ」

青年の命に別状がないと聞いたところで「よかった」とは少しも思えない。片脚を失ったけれど最悪の事態だけは免れた——そういう考え方もあるのかもしれない。だが巡森にとっては青年が亡《な》くなるのも最悪だし、片脚を失うのも最悪なのだ。

「後悔してます」

正直な思いを口にする。そして沈黙が訪れる。

ずいぶんと時間が経ってから男は気難しそうに息を吸い込み、

「何を後悔してる」とようやく訊いた。「瀬古を助けるため線路に下りたことか。最良の手段は別にあった、と」

「いいえ」

「言いたいことも言えないこんな腐敗した世界に堕《お》とされたことか」

「違います。何言ってんですか」

「もったいぶらずに早く話したらどうなんだ」

「あの人……瀬古さんの、靴紐がほどけてたんです。それが原因でホームから落ちたんです。私は靴紐のこと、気づいてたのに教えませんでした。だから――」

普段なら必ず声をかけていたのに今日だけはそうしなかった。すぐに声をかけていれば、もしかしたら何か変わっていたかもしれないのに……。だから――、

「あの事故は私のせいでもある、そんな気がして」

消え入りそうな声で話すと、男が短く息を吐いた。それは抑制された溜息のようでもあったし、鼻で笑ったようにも聞こえた。

「それは違うぜ」

きっぱりと男は言う。

「『でもある』どころの話じゃない。完全にお前のせいだ」

かすかに遠雷が聞こえた。

「え……」

呆気に取られる、とはこのことを言うのだろう。

きみのせいじゃないよ、そう優しく否定してほしかったわけでは決してない。だがまさかここまでバッサリ斬りつけられるとも予期していなかった。意外すぎて心が痛

むこともない。

「お前、名前は？　定岡《さだおか》か？」

「違います、巡森です。勘で名前当てようとしないでください」

「じゃあメグリモリ――ここからが本題なんだが、お前はうちの店で働け」

淀《よど》みのない口調だ。馴《な》染《じ》みの店でコーヒーとサンドウィッチを頼むくらいリラックスしている。対する巡森は気持ちの整理がつかないまま次々に話が移っていくので戸惑いながら「え？　え？」と発することしかできない。

「お前のせいで瀬古は重傷を負った。だから代わりに俺の店でバイトしろ」

とんでもなく荒い手捌《てさば》きで仕立てた筋合いを突きつけてくる。

「え、急にそんな。急に……」

動揺を隠せなかった。そもそも男はついさっき瀬古を「不採用だ」と言っていたのだから話の辻褄《つじつま》が合わないのだが、巡森はそれを指摘できないどころか気づいてすらいない。

「お前の仕事はＤＶＤレンタルショップの店番」

「ちょっと待ってください」

「俺は待たないって前も言ったろ」

「ででも、そのＤＶＤって、法律的に問──」

「そして俺の助手だ」

「助手？」

「詳しくはあとで話す。ついてこい」

そう言って歩き出す。

「待ってください」

「状況は常に変化する。物事はいつもリアルタイムだ。大人の世界に『待った』なんてないってことをいい加減受け入れろ」

「ちょっと何言ってるか分からないですけど。……あなたの、お名前は？」

六歩進んだ所で男は呆《あき》れたように「それが今、重要か？」と振り返った。

夜空には星が輝いている。しかし、またどこからか雷鳴が響いてくる。

「化野《あだしの》だ」

もしかするとこの夜はどこか別の世界へと繋《つな》がっているのかもしれなかった。

「は……裸足《はだし》の？」

「化野だ」

改めて名乗り、彼は前へ向き直る。「早く来い。でなきゃはっきり断れ」

そして来たときと同様に灌木の隙間を抜け、ロータリーを斜めに突っ切っていく。巡森は束の間、逡巡した。胡乱《うろん》な男を追いかけるべきかどうか。そうして結局、彼のあとには続かなかった。きちんと歩道を通ることにしたのだ。ポケットに手を突っ込んで歩く化野を横目に捉えながら、小走りでバス乗り場を抜け、最後にはほとんど同じタイミングで正門を出た。

＊

病院は巡森が通う大学に隣接している。したがって彼女の家にも近く、『もんすたぁ♡』はさらに近い。

化野はひと言も発さないまま、だらしない姿勢で、にもかかわらずかなりの速さで歩いていく。巡森の方からも話しかけることはしなかった。緊張と不安と少しの肌寒さを覚えながら、ひとつ、またひとつと街灯の明かりを越えていく。

『もんすたぁ♡』の前に着くと化野はポケットから、針金で作った粗末なリングにまとめられた鍵の束を取り出した。そのうちから手元を見ることなく選んだ一本の鍵を使ってガラス戸を開け、薄暗い店内に入っていく。通りに面した大きな窓から月明かりが差し込み、セラミックタイルの床を部分的に青白く濡らしている。彼は店の奥へと進み、レジカウンターの内側にある扉を開けて巡森を導いた。

扉の向こうには埃《ほこり》や黴《かび》の臭いと完全な闇があった。化野が壁のスイッチに触れると、槌目《つちめ》模様の金属シェードを被ったふたつの白熱灯が空間を控え目に照らし出す。見えたのは短い土間廊下だ。右側の足元には長式台が設けてあり、そこから上がるとすぐ部屋に続いているらしく障子戸が閉まっている。化野はそちらを目で示して「上がって待ってろ」と言い、自分は廊下を進んで左手の窪《くぼ》んだ空間に消えていった。巡森は式台に腰かけて靴を脱ぎ、揃《そろ》え、そっと障子を開けた。

中は畳敷きの六畳間だった。床の間を欠いており左手には押入れがある。現代日本の多くの家庭で見られる、ごく一般的な和室だ。だが畳の部屋ならではの、入るなりホッとするような感じがなかった。

あるのは圧迫感だ。

長押《なげし》に届くほど背の高い木製棚が五つ、室内の壁をほとんど隠すように隙間なく並んでいる。すべての段の端から端までびっしりと収納されているのはクリアケースのようだ。中身はCDかDVDだろうか。

棚は傷だらけだった。見回すと壁や柱にも引《ひ》っ掻《か》いたような箇所が目立ち、特に押入れの戸は損傷が激しい。畳にもあちこち何かが突き刺さった跡がある。障子紙は近頃張り替えたのだろうが、桟《さん》や框《かまち》には幾つか亀裂が入っている。暴れ牛を一晩閉じ込めていたみたいな有様《ありさま》だ。

不意に巡森は、無数の眼差しに晒《さら》されているような気味の悪さを覚えて唾を飲み込んだ。室内は異様なほど静かで、止まった時間の中に迷い込んだみたいに、空気の流れすらも感じない。

しばらくすると化野がマグカップをふたつ持って入ってきた。ひとつは把手《とって》に指をかけている。もうひとつは掌で底を包むようにして持ち、把手を巡森に向けた。

「飲め。今夜は実はちょっと寒い」

受け取って覗くと中身は透明で湯気に香りもない。白湯《さゆ》のようだ。カップに手を添えると物凄《ものすご》く熱く、よくこれを平気で握っていたな、と巡森は湯に息を吹きかけながら上目遣いで化野の顔を窺う。

「さて……まず何から話すべきか」

化野は顎に手を添えて考える素振りを見せた。そして――、

「バケモノレンタルについての話か……。あるいは、この部屋のＤＶＤにバケモノが棲《す》んでるって話か」

またヘンなことを言い出した。

どちらも聞きたくない。怪しい四文字を耳にして巡森は即座にそう思う。

しかし化野は淡々と先を続ける。

「望む者があれば、その人物に適したバケモノを有料で貸し出す。それが俺の仕事だ。表のDVDレンタルショップは、まあ、副業というかカモフラージュというか……飾りというか……冗談というか……」

ぶつぶつ言いながらマグカップに口を近づけ、突如、巡森に掌を向けた。

「バケモノってなんですか、と──お前は今そんなことを腑抜けた面《つら》で訊こうとしただろうが説明するから待て」

たしかに一字一句違わずそう尋ねようとしたところだったので巡森は大人しくその手に制されざるを得ない。だがそれにしても、さり気なく腑抜けと言われたのには納得が行かなかった。

「バケモノってのは簡単に言えば──」

化野は呟いて白湯を飲み、淡い湯気を吐く。それから少しのあいだ沈黙した。視線は消えゆく湯気に向けられているようで、その向こうにいる巡森を見ているようでもあり、記憶を参照しているようでもある。やがてまばたきのあとに話が続いた。

「バケモノは人間じゃない。動物でもなく植物でもない。菌でもない。ウイルスでもない。もちろん観念じゃない。信仰やら伝承やらに根拠を持たないし、事象の具現化でもない」

早口に放たれる言葉すべてが巡森の右耳から左耳に通り抜けていく。

「よ……要するに？」

「バケモノってことだ」

化野はまた湯をひと口飲み、「超自然的能力を有する」とつけ足す。そして自らの説明に満足したように小さく頷《うなず》いた。

「まあ、こんなところだ。ないとは思うが一応訊く。質問はあるか」

「なんで質問がないと思ったんですか」

妥当かつ率直な疑問を引《ひ》き攣《つ》った顔で口にする。それに対して化野は「あぁ？」と片眉を上げた。

あぁ？　はこっちの台詞《せりふ》だ。巡森は心の中でそう叫ばずにいられなかった。バケモノ？　ＤＶＤに？　超自然的能力？　最初から最後まで彼が何を言っているのかちんぷんかんぷんだ。

「全然分かりません」

「だから、超すごい力を持ったバケモノを困っている人に貸し出すんだよ」

「……ばけもの」

「つまり世のため人のための、とってもスバラシイお仕事」

「……すばらし」

「困っている人を放っておけない、人の不幸に心を痛めるお前にはぴったり」

「……いためる」

「天職」「……てんし」

「神の導き」「……かみ」

「奇跡の采配」「……きせき」

「猪木《いのき》の再来」「……いのき」

巡森は必死で理解しようとした。

「……さいらい」

だが頭が回らなかった。どんな方向に思考を巡らせればいいのかも分からず、怪しすぎる勧誘に対する警戒が強まるばかりで結局、

「お断りします」

考えがまとまるより先に唇が自動的に動いた。

しかしその返答を受けても化野は少しばかりも動じなかった。最後には自分の思い通りになると疑わぬ落ち着いた眼差しで「いや、お前は必ず俺のもとで働く」と巡森に教えた。

「条件を提示するから聞け」

「ちょっと待ってください。お前がここで働くことを了承するなら、瀬古正輝の失われた脚をもとに戻してやる」

「いや、待たない。そんな――」

巡森は息を呑んだ。

追いかけていたはずの相手に背後から突き飛ばされるような、不条理の不意打ちを受けた心地だった。思考は揺れ、乱れ、行き場を失い、数秒経ってようやく「どうやって」と、かろうじて口にした。

「バケモノは超自然的能力を有する」

この瞬間だ。

化野が話す非現実的な事柄の数々は、先程までは無視するか一笑に付せば済む程度だったのが、この言葉を聞いた途端、巡森は自分の足が、膝が、腰が、たちまち彼の提示する世界像に沈んでいくのを目撃した。

「まだ冷めてないだろ。とりあえず飲んだらどうだ」

化野は巡森が縋《すが》るようにして握ったカップに目をやる。

「震えてるぜ」

＊

脅されているのか。

救われているのか。

巡森の背後にある棚の最下段、右から八枚目のクリアケースを化野は抜き取る。どのケースの背にもラベルなどは入っていないが、その中から一枚を選ぶ指先に迷いはなかった。それを持って一旦和室から出ていき、すぐに戻ってくると、指に挟んだカードを巡森に差し出した。

「レンタル会員カードだ。あとで裏に氏名書いとけ」

話しながらケースを開き、ＤＶＤを取り出す。先程から動きに無駄がなく、したがって巡森が疑問を差し挟む余地もない。

「このバケモノはお前がレンタルする。手続きはもう済ませた。こいつを使って瀬古の脚を治せ」

ディスクの盤面は黒く、その上に極小さな字で「a-0093」と印刷されており、バーコードシールも貼られている。巡森は唇をきつく結んでディスクを見つめる。

――DVDにバケモノが棲んでいる。

――バケモノが瀬古さんの脚を治してくれる。

言葉だけが頭にあり、それが実際どのようにして行われるのか、まるで想像がつかない。ただ漠然とした恐怖感だけがあった。

「どうして化野さんは、私を雇いたいんですか」

「それはさっき話したから、もう説明しない。困っている人のためのとってもスバラシイお仕事で、俺の見立てによるとお前にはその適性があるからだ」

簡潔に説明しながら化野は押入れ脇の柱に向かう。よく見ると柱は、顔の高さの所に細い溝がある。彼がそこにディスクをあてがうと、にゅいんと溝に吸い込まれていった。

「こっち来い」

化野に手招きされて巡森は部屋の隅に立つ。

「何が起こるんですか」

せわしなくあちこちを見回しながら尋ねる声は警戒心に比例して甲高くなる。もはや巡森はバケモノの出現に一抹の疑いも抱いていなかった。持ち前の人の好《よ》さ、信じやすさ、間抜けさで、ついさっき耳にしたばかりの「バケモノ」を真剣に恐れていた。

「来るんですか？　バケモノ？」

「来る。バケモノだ」

「どこから？」

そう訊きながら化野に視線を向けた、その瞬間、押入れの戸が吹き飛んだ。

二枚の戸は、片や激しく棚にぶつかり、片や回転しながら障子を突破していった。

巡森は驚いて瞼《まぶた》を閉じ、再び開けたとき、六畳の和室の中央にバケモノがいた。

確固たる輪郭を持ち、そこにいた。

それはたしかにバケモノだった。

神秘を感じる余地はなかった。ないはずのものがあることの滑稽さも皆無。その容貌はひたすらに醜怪で、醜怪な容貌のみによって巡森の腰を抜かせた。

大型バイクほどのサイズがある。ザクロ色の体表はじっとりと濡れており、あたかもそれ自体がひとつの臓器であるかのように全体が規則的に脈動している。巡森が知るどんな生物にも似ておらず、紡錘形《ぼうすいけい》の身体に腕や脚と思われる部位は存在しなかった。一見した限りの範囲には口も耳もない。どこが顔かも分からない。上部からは幾本か触手のようなものが生え、それらは先へ向かうにつれ枝分かれし、最後は無数の細い糸状になっている。さらに両側面から三本ずつ伸びる黒く巨大な弓形の部位は牙なのか爪なのか、見るからに硬質で先端は鋭く尖《とが》り、それぞれが独立して上下に振れている。

「いっ……」

巡森は上手く悲鳴を上げることもできず尻餅を突く。と、その目の前を化野が素早く横切った。只ならぬ表情で、ありもしない藪《やぶ》を掻き分けるように両腕を動かしながら彼はバタバタと畳を踏み鳴らし、障子の抜けた所から土間廊下に飛び下りていった。

「どこ行くんですか！」

腰が抜けて立ち上がれない巡森はその場から懸命に叫んだ。すると化野はピタッと動きを止め、おもむろに振り返ると、平然とした態度に戻って「あぶねえ、あぶねえ」と自らの顎を撫《な》でた。

「ビックリするところだった」

「してたよ！」

巡森は眦《まなじり》を決する。

「なんであなたが真っ先に逃げるんですか。なんなんですかこれ！　この！　でっかでっかい！　気持ち悪いの！　でっか！　やめてくださいよ！」

　ほとんど錯乱状態の巡森とは対照的にバケモノは音も声も立てず暴れることなく、その場に浮遊している。

「はぬ、はぬ、羽がないのに浮いてるし、もう最悪です……！」

　巡森はバケモノと距離を取りたい一心で部屋の隅に背中を捻《ね》じ込《こ》みながら、なんとかしてさらに後退しようと脚をバタつかせた。

「そこは別に最悪でもないだろ」

「やだやだやだやだ、うわうわうわうわ」

「取り乱し過ぎだ。見苦しい」

「一目散に逃げた人が何言ってんですか」

　煮え返るほど熱い声で巡森が非難すると、化野はやれやれと乾いた息を吐きながら和室に上がってきた。

「俺に逃げるなって言うのはペンギンに飛ぶなって言うのと同じことだ」

「なんか違いませんか、それ」

「気づくってことはまずまず冷静だ」

化野はあっけらかんとした顔で手を差し伸べる。両手でそれに縋ってなんとか立ち上がりながらも、巡森は決してバケモノから目を離さなかった。いつ襲いかかられてもおかしくないからだ。依然として鼓動は激しく、膝や指先は震え続けている。

「これ、生き物？　なんですよね？」

「バケモノだ」

そのとき、天井近くを揺曳《ようえい》していた触手のような部位がおもむろにふたりへ近づいてきた。極めて細い糸が密集したその器官は静かに化野の身体に触れ、次いで巡森を撫でる。極度の不快感と恐怖に苛《さい》まれながらも、声を出したら食われるに違いないと思い巡森は下唇を噛《か》んで堪《こら》えた。肌に覚える感触は驚くほど優しく繊細だ。

その器官はふたりから離れたあと、流れるように部屋全体を触っていき、これといって興味を引かれるものはなかったとでもいうように元の位置に戻った。

バケモノの本体はといえば出現時と変わらず部屋の中央で浮いている。その場で回転することもない。異様なまでに大人しい。落ち着かないのは巡森の気持ちだけだ。

「私達に気づいてます、よね？」

「だな」

「なんというか、あんまり元気ではないんですね」

いていない感じだ。

　バケモノには、化野や巡森に対して警戒する様子が少しもなかった。生物的上位のものが持つ余裕とも違うように見える。閉じているというか、どの方面にも関心が向いていない感じだ。

「もしかして眠ってます？」

「こいつらは虚《うつ》ろなんだ」

「ウツロ……？」

「空っぽってことだよ」

　化野は横目で巡森の頭を見る。

「言葉の意味は分かってますよ」

　空っぽ――。

　そのことを踏まえて改めてバケモノに目をやる。可能な限り恐怖や偏見を排し、部分ではなく全貌を瞳に収める。そうしてみると、たしかに虚脱的な印象を受けないでもなかった。顔を背けたり手で遮ったりせず正視すれば、その破壊的なまでのグロテスクさもなんとなく表面的な感じがする。だからといって近づく気には到底なれないが、牙か爪か分からぬ部位の先端がゆらゆらと上下しているのも、どこか当てのない感じだ。

「人に襲いかかったりはしないんですか。草食、ですか？　というか口が見当たりませんけど消化管は持ってるんでしょうか」

「矢継ぎ早」

「すみません。つい……」

「なんでもかんでも俺が知ってると思ってんのか？　踊る百科事典扱いか？」

「なんでもじゃなくてバケモノのことだけ聞きたいんです」

「バケモノのことなら俺が全部知ってると思ってんのか？　踊るひゃっ――」

「それは知っててくださいよ。知ってなきゃ許されませんよゼッタイ。よく知りもしないでこんなの呼び出すなんてゼッタイ！」

「信じろ」

「何を？」

勢いで巡森の唇から丁寧語が省かれる。「なんで今の流れで『信じろ』？」

「お前がバケモノについて詳しく知る必要なんかない。肝心なのは、こいつを使えば瀬古の脚をもとに戻せるってことだ」

「……本当に戻せるんですか」

「信じられないのか」

巡森は灰汁《あく》を飲んだような渋い顔でゆっくりと頷く。

バケモノなるものはたしかに存在した。しかし、だからといって化野の話をすべて信じるには抵抗が残る。その理由のほとんどは多分、内容の荒唐無稽さではなく彼の不誠実な態度にある。嘘、戯言《ざれごと》、無駄話の三段跳びで驚くほど現実離れした所に着地し、その上で顔面だけシリアスにして誤魔化す——控えめに見積もって化野の言動の七割がこれだ。信じられないくらい信じられない人間と言える。もし彼に一抹の社会奉仕意欲があるなら、最も信用してはいけない大人の見本として全国の小学校を回るボランティアに励んでほしいくらいだ。徒歩で。

今も小難しい顔をしながら、巡森の問いに対して具体的な回答を寄越さず、その代わり携帯電話を取り出して耳に当てている。この状況でどこの誰と電話する必要などあるのか。

「ゾウキンダニか。俺だ。化野だ」

雑巾ダニ——。人の名前とは思えない。ニックネームか。そうだとすればひどく侮蔑的な呼び名だ。

化野は不機嫌そうな声で話をする。ああ……そう……バケモノの……a-0093……うん……治るかって……なんか……知らねえけど……そうか……いや……。

そしてろくに挨拶もせず通話を終えると、黒い携帯電話を折り畳み、

「本当にもとに戻せるそうだ。よかったな」

やや祝福のニュアンスを込めて告げた。

「誰がそう言ったんですか」

「詳しいやつだ」

「だから、なんであなたが詳しくないんですか」

「済んだことをうだうだ言うな。そろそろ行くぞ」

何も済んでませんよ、という巡森の真っ当な反論をなおざりに聞き流しながら化野が柱を爪先で軽く蹴ると、にゅいんとＤＶＤが吐き出される。

そしていつの間にかバケモノは姿を消した。音もなく名残《なごり》もなく、はじめから嘘だったみたいに消えてしまった。

「連れて行くんじゃないんですか」

「あのデカさは目立つからな、いざというときまでは仕舞っておく。ここでお前に見せたのは病院でさっきみたいな騒ぎ方をされると困るからだ」

「自分だってビックリしてたくせに」

小声で文句をこぼしながら、ケースに仕舞われたDVDを受け取った。クリアケースひとつとDVD一枚分の重さだけを掌に感じる。

化野は押入れから液晶画面のついていないタイプのポータブルDVDプレーヤーを持ち出して土間廊下に下り、表の店に繋がる扉とは反対の方へ歩いていく。慌ててついていくと、廊下の左手の少し窪んだ空間にふたつの扉があった。そのうちひとつは彼が先刻、湯を沸かしてきた部屋に続いているのだろう。さらに数歩進んだ突き当りに水色に塗装された鉄扉《てつぴ》が待ち構えている。ノブの近くにホルダーが固定されており、そこに携帯ゲーム機のワンダースワンがなぜか挿してある。化野はそれを取り上げてカチカチと操作しはじめた。ゲーム機から伸びたコードがノブの根元に接続されている。操作が終わると扉全体が重低音を響かせながら振動した。すぐに振動は止《や》み、化野が「行くぞ」と扉を開けると、その向こうは病院の中だった。

カーテンで仕切られた病床が幾つも並んでいる。どのベッドの周りにも多数の医療機器があり、様々な太さの管が伸びている。振り返ると扉の向こうは「もんすたぁ♡」の廊下だ。

「なんで？　なんで？　どう、え……なんで？」

右、左、上右左、と首を動かしながら巡森は疑問符を連発する。

「騒ぐな」

掌で口を塞がれ、少しのあいだフゴフゴと抵抗したあと観念して口を閉じたが、手が外された瞬間「ここ病院ですよね」と再び喋った。

「入っていいんですか？」

「よくないに決まってんだろ。静かにしろ。何にも触るな」

壁に大きなガラスが嵌《は》め込《こ》まれており、その向こうには何人もの看護師や医師の姿がある。そちらのスペースへ通じる壁の開口部にはドアが設けられておらず、透明なカーテンで仕切られているのみで、不用意に声や音を立てればすぐに気づかれそうだ。

そのことを理解してようやく巡森は唇を結び、頭を低くする。

すると目の前の化野はそれよりもっと身を低くして、しまいには腹這《はらば》いになり、薄闇の中を匍匐《ほふく》前進しはじめた。喪服男が病院の床を意外な速さで這っていく。巡森は軽い衝撃に襲われた。なぜなら、どんなに目を細めても犯罪者に見える背中というものにはじめて出会ったからだ。

「ちょっと……！」

小声で呼びかけながら巡森も倣《なら》って匍匐前進を開始する。

「ちょっと待ってくださいよ」

「お前は本当にそればっかりだな。俺が待たないってことをいい加減学習しろ」

「分かってますよ。分かってますけど」

侵入者である以上、一声も発するべきでないのは理解している。だが極度の不安感の中で、喋りながらでないと動けそうにないのだった。

化野は変わらぬ様子だ。何物にも構わない顔で、どこまで本気か分からない態度でいる。あるベッドの前で彼は止まり、腹這いのままポータブルＤＶＤプレーヤーを巡森の方に向けた。巡森はすぐにケースからディスクを取り出し、促されるままスロットイン式の挿入口に近づける。だが躊躇《ちゅうちょ》する。

「瀬古さんは今、眠っているんですか」

「多分な。早く入れろ」

「本当に安全に治せるんですか？　失敗とか、ないですよね」

「すべて上手く行く。俺が今まで嘘をついたことがあったか」

「そんなに付き合い長くないです。でも多分いっぱいあります」

「うるせえ」

「そんな……、そんな雑な黙らせ方がありますか。私、こう見えてもすごく不安なんですよ。もっとちゃんと、こう、キャッチボールして、その上で説得してくださいよ。

こっちは丁寧に送り返してるのに、そうやって急に破り捨てるみたいな――」

「本格的にうるさい。野球か手紙か、譬《たと》えるならどっちかに統一しろ阿呆《あほう》」

そう毒づきながら化野はプレーヤーをグッと前に押し出した。すると挿入口が巡森の手からディスクを吸い込んでいく。

「ああ……」唇からは力のない息が吐き出される。

またあのバケモノが登場するのだ。そう思うと、ドロッとした黒い不安が胸の底から急速に水位を上げて喉を圧迫する。

ディスクの回転音が鳴る。

今度はどこから現れるのだろう。

「お前がバケモノに望むことを言え」

「望むこと？　を、言えばいいん――」

「早く」

「瀬古さんの脚をもとに戻してほしい、です」

巡森はチラチラと視線を泳がせながら答える。次の瞬間にも病院関係者から見咎《みとが》められるのではという不安とバケモノの出現に対する恐怖で、奥歯がカタカタと音を立てる。

「その言葉を頭の中でずっと繰り返せ」

命じられた通りに願いの言葉を脳内で繰り返す。だがとても集中できなかった。本当に大丈夫なのか。これでいいのか。数々の疑念が竜巻の勢いで巡森の心を掻き乱した。こんな所に侵入して、バケモノなんか出現させて、バレたらどうなるだろう。なぜ化野はこんなにも堂々としていられるのだろう。帰る手段はあるのだろうか。そもそもあの鉄扉が病室に繋がっていたのは一体どんな仕組み？――バケモノは、本当に瀬古さんの脚をもとに戻せるのかな。むしろ瀬古さんを食べちゃうんじゃないかな。

不安と疑問と願いの重さで巡森の頭がだんだん垂れていく、その一方で事態は既に進展していた。

バケモノはベッドの真上に出現し、巡森が気づいたときにはもう瀬古の身体に触手を伸ばしていた。

「出た出た出たあっ……」

「うるさい」

六畳間で出現したときと明らかに様子が違う。紡錘形の身体が激しく蠕動《ぜんどう》しており、黒く鋭い部分は六本とも反り返るほどの勢いで上を向いている。あんなにも虚脱的だったのが嘘のように、全体に不穏なエネルギーを漲《みなぎ》らせている。

やっぱり食べる気だ……！

巡森は瀬古の危殆《きたい》を察して立ち上がろうとしたが、化野に腕を摑《つか》まれた。

「なんで大人しくしていられないんだ」

「だってあのバケモノは危険なんですよ！」

「危険じゃねえよ。勝手なこと言うな」

触手が包帯で巻かれた右脚の断端に集中する。

巡森は化野に抑えられながら固唾を呑んで見守った。唯一できるのは願うことで、職員達に見つかる恐れも忘れ、ひたすら頭の中で「もとに戻してください」と唱え続けた。

糸状からさらに分裂した触手の先端は、もはや一本ずつは目に見えないほど繊細化しており、無数のそれらが絡《から》まり合《あ》って靄《もや》のような状態となる。断端部を厚く包囲した靄は、やがて淡い紫色に発光した。

夢幻的光景に巡森は言葉を失《な》くして見入る。

しかしある瞬間、不意に視線を感じたので辺りを見回すと、ガラスの向こう側にいるひとりの看護師と目が合った。

「あ……」

看護師は目を見開き、周囲に向けて何かしら声を上げる。

「化野さん、バレました!」

「みたいだな」

もはや身を隠す甲斐《かい》なしと判断したらしく化野は面倒臭そうに立ち上がる。

「でも、あと少しだ」

紫色の靄は次第に収斂《しゅうれん》して輪郭を持ちはじめ、最後には確固たる形を成した。巻かれていた包帯は細切れになり散らばっている。再生された脚の重みを受けて、ベッドのラバーシーツに皺が寄る。

「本当に――」

瀬古の脚は再生された。

「よし!」

化野がこれまでになく強い声を発して拳を握る。不敵で不機嫌で不健康な顔には甚だ似合わぬ振る舞いだが、巡森は気にならなかった。奇跡を目の当《ま》たりにした驚異と安堵《あんど》で胸がいっぱいだった。

ガラスの向こうは騒然としている。不審者二名及びバケモノ一体を目撃した医師や看護師は恐慌《きょうこう》状態に陥り、そのうち勇気ある数名が患者を守るため走り出す。

「逃げるぞ」

化野はDVDプレーヤーの電源を落とし、口元に手を当てて涙ぐむ巡森の腕を引いた。「あの扉に走れ。まだ店に通じてる」

そう言って部屋の隅にある扉を指す。

医師や看護師がビニールカーテンを抜けてきて、険しい声でふたりの素性を質《ただ》す。巡森はようやく我に返り、言われた通りに扉の向こう側へ駆け込んだ。

化野は巡森を庇《かば》うようにして、迫りくる肥《ふと》った女性看護師の前に立つ。すると勢い余った看護師の肘に顔を打たれ、特別に当たり所が悪かったわけでもないのにあっさり気絶。後頭部をノブに打ちつけながら倒れ、そのせいで扉が閉じた。

「ああ⁉　化野さん！」

巡森は大慌てで扉を開けて化野を助けに駆け込む。と、壁に激突した。

「んなぁっ！」

鼻を押さえながらよろめく。「なんで……？」

ついさっきまで病室に繋がっていた扉の向こうはコンクリートで隙間なく塞がれていた。すぐに閉じ、さっき化野がやっていたみたいにホルダーからワンダースワンを抜き取るが、もちろん操作手順に見当がつかずゲーム機を強く握り締めることしかできない。念のため再度開扉するが、やはり壁。

どうする。

このまま化野を放っておくわけにはいかない。こうなったら扉を使わず助けに向かうしかない。だがそれにしたって、どこの病院かも分からないのだ。慌ててスマートフォンでネット検索してみるが、県内の救急医療機関の内からひとつを特定するのは巡森には難しかった。

そこでふと思いつく。化野は携帯電話を持っていたはずだ。繋がったところで助けにならないかもしれないが、このままじっと待っているよりはいい。場所だけでも聞ければ助けに向かうこともできる。

問題は電話番号が分からないということ。

巡森はすぐに行動を開始した。どこかに番号が記載されたメモや書類がないかと建物中を探し回った。廊下の少し窪んだ空間に並ぶふたつの扉は片方を開けるとトイレとシャワー室があり、もう一方は物置のような部屋だった。壁や天井はコンクリートで窓はない。床に置かれた幾つもの段ボール箱を片っ端から開けていくが、どれも機器類やDVDが乱雑に詰め込まれているばかり。スチールラックに置いてあるのは勤怠記録を打刻するタイムレコーダー、液体で満たされた小さなボトル、さらに高い段には非常食なのか大量のクラッカーの缶がある。部屋の一角にロープが渡してあり、ワイシャツやスーツの上下、ネクタイ、パンツなど、どれも同じ種類のものが何着も掛かっている。右端には果物をモチーフにしたキャラクターのぬいぐるみも吊るされ、索漠たる室内の雰囲気にたったひとり抗《あらが》うように陽気なポーズを取っている。

続いて和室に上がって押入れを開けるが、数種類のポータブルＤＶＤプレーヤーが置いてあるのみだったので、横転した障子を避《よ》けてさっさと表の店に出た。そうしてレジカウンターの辺りを物色しようとしたとき、入り口のガラス戸が目に入ってハッとした。足早に店から出て、ガラス戸に貼られた「アルバイト募集中」の紙に顔を近づける。すると期待した通り、下の方に携帯電話の番号が記されていた。すぐにスマートフォンを取り出し、両手の親指で画面をタップする。

七回目のコールで通話がはじまり、「誰だ」と低い声が聞こえた。

「あ、化野さんですか！」

「バイトの募集は締め切った。誰だか知らんがもう切るぞ。今から食事なんだ」

「待ってください！　私です」

「ん？　お前か。ま……」

「ま？」

「ま……」

「なんですか」

「マグロ盛り」

「巡森です。最初の『ま』がもう間違ってます」

「お前、よくも俺を置き去りにしたな」

「いや違います。それは誤解、誤解！」

「まだ店にいるか」

「いますよ。化野さんは？　無事だったんですか？」

「俺は原則として常に無事だ」

「……そうなんですか」

「駅近くの『楽鬼《らっきー》』って店にいる。すぐに来い」

偶然にも巡森はその店を知っていた。駅前の商店街から一本外れた通りにある、辛子色の暖簾《のれん》が特徴のラーメン屋だ。引っ越し先の部屋を探す際に父とふたりで入ったのが最初で、越してきてからも何度か足を運んでいる。餃子《ギョーザ》が美味《うま》く、とにかくいつも空《す》いている店だ。「すぐ行きます」と答え、巡森は小走りで向かった。

「楽鬼」に到着すると、ちょうど化野の楽鬼ラーメン（ハーフサイズ）が出来上がったところだった。巡森は餃子二人前とライス大盛りを注文しつつ席についた。

「よくあの状況を切り抜けて来られましたね」

「俺はすごいからな」

「でも心配しましたよ。化野さん、倒れちゃうんだもん」

「気絶くらい日常だ」

　ぶっきらぼうに言って化野は箸を割る。

「ありがとうございました。瀬古さんの脚、もとに戻してくれて。正直半信半疑だったんですが」

「すべて上手く行くって言ったろ」

「でも、たった今思い出したんですけど、化野さん、瀬古さんの脚が再生したとき『よし！』って言ってませんでした？」

「はて？」

「とぼけ方が古いです」

　やれやれ、と化野は息をつく。

「そんなのは幻聴に決まってる。お前くらいの歳《とし》の女には珍しくない類《たぐい》のな」

「いや言ってました。ガッツポーズしてましたよ。あれはやっぱり失敗する可能性が少なからずあったってことですよね。だって賭け事に勝った人みたいな喜び方でしたもん」

「礼には及ばん」

「……。もしかして『ありがとうございました』以降の会話全部なかったことにしようとしてます？」

「したくもなるよなあ。上手く行ったのにガタガタ文句言われたら」

「すみません……。文句とか、そういうつもりじゃなくて、ちょっと気になっただけっていうか、本当にあんなことが、奇跡が起こるなんて信じられなくて、私まだ舞い上がってて――」

「三分間のレンタルで料金は九〇万円だ」

「はい？」

「九〇万円」

「お金、ですか……？」

「お前の故郷じゃ『円』ってのは豆の重さに使う単位だったのか？」

「いや、そんな……払えませんよ、そんな大金」

「だから俺の店で働くって話だったろ」

言われて思い出す。たしかにそんな条件があったのだ。

「これから九〇万円分はタダ働きってことですか」

「強いて悪い言い方をすればな」

「でも、ちょっと高すぎませんか、たった三分でそんな……」

びくびくして話す巡森の頬に、化野の鋭い視線が刺さる。

「脚一本、九〇万」

彼は言う。『大根一本、九〇円』みたいな乱暴さで。「全然高くない。激安王だ」

返す言葉はなかった。医療では癒やせない損傷を癒やしたのだ。改めて考えると、たしかに安すぎると言ってもいい。

化野はラーメンを啜《すす》り、辛そうな色のスープを飲む。ハーフサイズなのでドンブリは小さく、とても成人男性の腹を満たす量とは思われない。厨房《ちゅうぼう》からは早くも巡森のライスと餃子が出てきた。それと同時に真横から、

「逃げようとは思わなかったのか」

思いがけぬ問いが寄越される。

「どういうことです」

「瀬古の脚は再生した。お前の願いは果たされたわけだ。もう俺に用はないんだから

黙って帰っちまってもよかったはず。まあどうせ無意味だが、お前にはそういう選択もあり得た」

「にゃるほ」

巡森はアツアツの白米を頬張りながら答える。「そーはっほうはにゃはったれす」

「……」

話す気が失せたというように化野は勢いよくラーメンを啜る。そして巡森が残り三つとなった餃子とライスの残量から双方を同時に食べ終えるための適切なペース配分を案じている隙に、横からいなくなっていた。

目を離したのは数秒だ。そのわずかの間に音も立てず別れの言葉もなく、はじめからすべて嘘だったみたいに消えてしまった。ラーメンは綺麗《きれい》に平らげられている。ドンブリは洗い立てのように白く輝いている。それを見て巡森はようやく、あの言葉を思い出した。

『先に礼を言っておこうか』

商店街ではじめて会った日、彼はそう言った。巡森がラーメンを奢るということをまるで過去の出来事のように話していた。

たしかにカウンターに代金は置かれていない。払わずに黙って去ったのだ。これは奢られるというより、もはや食い逃げに近い行為だろう。しかし考えてみれば、彼は出会った当初から食い逃げ容疑者だった。

巡森は彼のいた空間を呆然と眺める。逃げていく彼を呼び止めるために店の戸から顔を出すようなことはせず、立ち上がりすらしなかった。そんなことをしても無駄だと、不思議なくらいはっきり分かっていたから。

そもそも彼は本当にここにいたのだろうか。何もかも自分の妄想だったのではないか。そんな考えが頭をよぎり、冷たい風に吹かれたような心地がした。

餃子を食べ終え、ふたり分の食事代を払う。それから外に出ようと戸を開けた途端、吸い込んだ空気は雨の匂いがした。暖簾をよけて見ると、しとしとと静かな雨が通りを濡らしている。いつの間に降りだしていたのだろう。

「傘、お貸ししましょうか？」

厨房から店主の声がかかり、「ありがとうございます」と巡森は答えた。

「でも、大丈夫です」

遠慮から断ったわけではない。本当に必要がなかったのだ。

軒先の裏返ったビールケースに一本、傘が挿してある。今となっては遠い日のようにも感じる今日の昼間に、雑貨屋で買い、そして失くした動物の足跡模様の傘だ。柄の部分に小さな紙が貼ってあり、『大事にしろって言っただろ』そう書かれている。紙切れはテープなどではなく雨水を利用してくっつけただけであり、すぐにでも風に飛ばされそうだ。

そういえば出会ったあの日、化野はこの雨のことも話していたのだった。溜息が出る。

本当に何から何までわけの分からない男だ。そしてやはり、当然だが、彼の存在は巡森の病的な妄想などではない。化野もバケモノも本当にいる。バケモノレンタルの助手をやらされるというのもきっと冗談ではない。この先、果てしなく長い九〇万円分の辛苦が待っているのだ。そう考えて巡森は息苦しさを覚える。

しかし、

「まっ、なんとかなるさ」

息苦しいのは嫌いだから、あっさりと思慮を放棄する。

予言された雨に向け、お気に入りの傘を広げ、能天気な顔で歩き出す。

第二章
本望

ご近所で一番の、笑顔が可愛《かわい》い女の子だった。

自分が笑っていると、なぜだか周りのみんなも顔を綻ばせた。

幼少の頃から高校卒業を経てなお、巡森の笑顔は決して錆《さ》びつくことなく変わらぬ品質を保持してきた。放っておけば微笑を浮かべているし、いざというときにも微笑を浮かべている。相手が泣く子でも鳴く子猫でも優しく接し、頑固オヤジと対峙《たいじ》してなお笑顔を崩さないから、見方によっては巡森の方が頑固に映ることもある。

どんな無理解や不寛容に囲まれても円く在る。それは巡森翠の強さだった。

特別な才能を持たない少女の、ただひとつの強さ。他人に対して働きかけ得る最大の魔法が微笑みだった。

しかしそれはあくまで化野という怪人に出会う前までの話である。

彼との邂逅《かいこう》から、およそひと月が経過した。

「私は最近怒りっぽくなりました。化野さんのせいで」

「いやはや、これは……、世にも鬱陶しい言いがかりをつけられたもんだぜ。お前は『もんすたぁ♡』の従業員じゃなくてモンスター従業員か」

こうして言い合っても決して勝てないのが、また頭に来る。巡森は大体どんな目に遭っても微苦笑して許してしまう性質《たち》だが、化野に対してだけはなぜかそうできない。

彼と顔を合わせていると嘘のように微笑が氷解していく。

「俺にだけは素顔の自分を見せられるってことか。やめろ。悪夢的だ」

口の悪さだけならまだ我慢できる。だが真に許しがたいのはその行いだ。

最たる例は、やはり食い逃げ。出会った日から週に一度のペースで巡森は化野に食事代を押しつけられている。最初にラーメン屋の「楽鬼」でやられたときから手口は一貫しており、一緒に食べていたと思ったら金を置かずに忽然《こつぜん》と消える、それだけだ。

もちろんあとになって返済を求めるのだが、頰を膨らませながら「もんすたぁ♡」に参上した巡森の片手にレシートが握られているのを見た途端、化野はレジカウンター内のパイプ椅子に座ったまま眠ってしまうのだった。驚くべきことに、そういうときの化野は狸寝入《たぬきねい》りでなく本当に眠りに落ちている。身体のどこかにスイッチでもついているのかと疑うほど、彼は睡眠と覚醒をパチパチと自在に操るのだ。

早期の段階で巡森は化野と外で食事をするのをやめていたのだが、彼はどこからともなく現れて勝手に巡森の隣席を陣取り、素早く食し、風の如《ごと》く逃げ去るという悪質極まる手を近頃になって繰り出してきた。

「いい加減にしてくださいよ、もー」

季節は晩春。木々の緑が瑞々《みずみず》しく光る、実に気持ちの良い天気が続いている。

曇りがちなのは巡森の表情だけだ。店内清掃のための箒《ほうき》を片手に持ちながら、カウンター内に座って作業する化野の横顔に気怠《けだる》い文句を浴びせかける。

「その件について俺から言えることはただひとつ——『許せ』ってことだけだ」

「弁解する気はゼロなんですね」

「ゼロと思わせておいて、実は一だ」

「一〇〇であるべきなんですよ」

「でも俺は空腹だから飯屋に入ってるわけじゃないんだぜ」

化野はパソコンの画面から目を離すことなく話をする。

「どういうこと……？」

「食いたくもないのに食い逃げをしてる」

「はい、出た。奇病、奇病」

「よく考えてみろ。食欲を前提としていない以上、俺のしたことを誰も責められはしない。……そうは思わないか？」

「責め放題だと思います」

「『およそ個人が犯し得る罪のうちに、欲を伴わないものなどあろうか』——森鷗外《もりおうがい》」

「偉人の名前出せば私が黙ると思って」

「――の言葉だったらいいのにな」

「一瞬でも信じた自分が恥ずかしい……」

「その恥ずかしさをバネにして、机の引き出しに仕舞っとけ」

本当にこの人とはまともな会話ができないなと溜息をつきながら、「お金ないんですか？」と巡森は核心を突くような問いかけをした。

「私腹を肥やすのは趣味じゃないのさ」

彼は頭の後ろで両手を組む。「食事は最低限の量でいい。金は使わない。衣服は必要なものをその都度借りる。天気と法律によっては着なくてもいい。寝床には薄布一枚あればいい。季節によっては敷布団《しきぶとん》と掛布団も欲しい。それに湯たんぽと耳栓と遮光カーテンがあれば何も文句は言わない」

「もう色々と出鱈目《でたらめ》で指摘し切れません」

「さすがに清貧とまでは言わないけどな、実際のところ慎《つつ》ましいよ、俺という男は。慎ましさ、愚直さ、時折見せる優しさ、繊細さ、意外な逞《たくま》しさ、わんぱくさ、あと愛《いと》しさと切なさと心強さが服着て歩いてるようなもんだよ」

「服はち切れますよ」

「おい、巡森。下から読んでもメグリモリ」

「俺がお前に食事代を押しつけて去る本当の理由を知りたいか」

「違いますけど」

「そんなものが存在するなら」

「『良かれと思って』だ」

「今日はもう帰ります」

「まあ聞け。要するにあれはお前の注意、洞察、警戒を促すための一種のエクササイズ。普段からぼんやりし過ぎなんだ、お前ってやつは。飯屋で俺がいなくなるのに気づかないどころか、隣に座ったことにも最後まで気づかないときがあるだろ」

「まあ、たしかに」

「それに加えて顔もおかしい」

「はあ?」

「四六時中へラヘラへラへラへラして。ひとりで昼飯食ってるときでも薄ら笑いを浮かべてるってのは一体どういうことだ。あれじゃあ『食事代を押しつけてくだせえ!』って言ってるようなもんだろ」

「もんじゃないですよ。あと、薄ら笑いじゃなくて微笑みです」

反撥《はんぱつ》しながら巡森はふと思う。

「そういえば化野さんって全然笑いませんよね」

「そんなことないさ。キャッカッカッカッカッカ」

「怖い怖いッ。何がはじまったんですか⁉」

「笑ったんだろうが。失礼だな」

そのとき、店の奥から物音がした。鈍いのがひとつと、そのあとに軽いのが幾つか、いずれも金属音だ。

「なんでしょう、今の」

巡森は箒を壁に立てかけた。「もしかしてバケモノが勝手に出てきたとか？」

「きっとそうだ。捕まえてこい」

「え、私⁉　むりむりむり。化野さん行ってくださいよ」

「むりむりむり」

「じゃあもうこの件は迷宮入りです」

「嘘だよ」

「どれが？」

「バケモノは勝手に出てきたりしない。安心しろ」

化野はあくび混じりに言う。「多分ただの強盗か何かだ。捕まえてこい」

「なーんだ」

怖がって損しましたよ、といった具合に巡森は肩を脱力させ、「そういうことなら、ちょっと見てきます」と告げてカウンターの奥の扉を開ける。

土間廊下に出てすぐ右手の障子を開けるが和室は静穏そのもので、たしかにバケモノが勝手に出てきたような様子はない。さらに奥に進んでトイレの隣の部屋に入ると物音の出所が判明した。スチールラックの留め具が破損して一番上の段が傾いているのだ。そこに載せてあった大量のクラッカー缶が床に転がっている。巡森はとりあえずそれらを部屋の隅に積んでから、あることに気がついて土間廊下を駆けて店の方に戻り、化野の肩を摑んだ。

「強盗でも危ないでしょ！　何が『なーんだ』ですか！」

「それはお前の台詞だ」

「まったくもう」

「そんなに怒るな。チョコ食べるか？」

「え、チョコ？　やった。食べたいです」

巡森は掌の上にアポロチョコを三粒出してもらうと「わーい」と言って一気に口に放り込み、しばらくのあいだ呆《ほう》けた顔で甘みに浸って、口の中が空になると「まったくもう」とさっきの続きを怒りはじめた。

もちろん化野は意に介さず、パソコンに顔を向けたまま応じる。

「で、なんの音だった？　まさかスチールラックの最上段の留め具が壊れて傾いて、クラッカーの缶が床に散らばったわけじゃないよな」

「わけじゃなくないですよ、寸分違わずその通りですよ」

「お前はしばらくあの部屋に立ち入り禁止だ。危ないから」

「しばらく直さないつもりなんですか」

巡森は渋い顔をしながらカウンターの外に出る。

「私より化野さんの方こそ気をつけるべきですよ。この前だってほら、ちょっと打たれただけで気絶してたでしょ、病院で」

「俺のことはいいけど気絶のことを悪く言うな」

「とにかく気をつけてくださいよ」

巡森は店内清掃を再開した。とはいえテキパキ動くわけではない。床を掃き終えると雑巾で窓のサッシを拭いたが、そのあいだに五度もあくびをした。

ガラス越しに眺める道路に行き交う人の姿はなく、車もまるで通らない。向かいの蜂蜜屋は定休日なのでシャッターが下りている。

「暇だ」と呟く。

この店は存在意義が危ぶまれるほど客が入らないのでロクに仕事がない。ゴールデンウィークのあいだはパラパラと客入りがあったが、それ以降はまた開店休業状態が続いている。ほとんど新しいDVDを入荷しないし、そうかといって余所《よそ》では借りられないような珍しいソフトを置いているわけでもないから当然だ。バイト中ほとんどの時間、巡森はカウンター内のパイプ椅子に座りながら読書や勉強で暇を潰している。そのあいだ化野はどこかに出かけたり奥の部屋で何か作業をしていることが多いが今日のように店にいることもある。そんな日には先程までのように無益な会話が繰り広げられることになるわけだが、試しに記憶を辿《たど》ってみても、彼が笑ったことなど本当に一度もない。異星人のようなアレは悪ふざけに決まっている。

巡森はしゃがみ込んでサッシに両手を置き、室内犬のような姿勢で外を眺めた。

街に降る五月の陽が綺麗で、のどかで、薄暗い店内にいる自分を牢《ろう》に囚《とら》われた者のように感じる。こんなことでいいのか。こうして閉じ込められている間に、大学一年生という無限の可能性を秘めた時は一秒、また一秒と確実に減っていく。いつか煙のように目の前からなくなっているだろう。ほかの学生は今ここにしかない青春を有意義にすごしているに違いない。

胸の内に焦燥が広がる。

急いで雑巾を片づけ、レジカウンターから乗り出すようにして化野に顔を寄せた。

「お願いがあります」

「なんだ。近いぞ」

「もし私が化野さんのことを笑わせられたら、九〇万円、チャラにしてください！」

息荒く、目玉をギラギラさせて申し出る。深く頭を下げもする。反対に化野は顔を上へ向けて笑い声を響かせた。

「却下ッ下ッ下ッ下ッ下」

＊

大学に入ってからできた友達の中に、とびきり綺麗な女子がひとりいる。

足先から頭のてっぺんまで人形のようで、知り合った当初、巡森はその嘘みたいなルックスに圧倒されてわずかに汗をかいたほどだ。

歩いていても座っていても、そのままテレビＣＭとして流せそうであり、同じ地面に立っているのが何かの間違いのような気持ちにもなる。

彼女の名は早坂冴香《はやさかさえか》。

巡森と同じでサークルに所属しておらず、一日の講義が終わると友達に別れを告げてさっさと帰宅する点も共通していた。そして化野のせいで日々疲労やストレスが募る巡森と同様、早坂もまた時折、何かを思い悩むような表情を浮かべた。淡い憂いを頬に滲ませたり、空っぽな眼《め》で自分の爪を長時間眺めていたり、仕種《しぐさ》そのものは巡森と似ていても、早坂がやるといちいち写真に残さなくてはという義務感が生じる。

こんなにも「ずっと見ていられる」顔の子が世の中にいるんだな、と巡森は感心する。それに加えて早坂はとてもいい声をしていた。滾々《こんこん》と湧く泉を連想させるような、清澄かつ充溢感《じゅういつかん》のある声が巡森は大好きだ。

声も姿も桁外れの麗《うるわ》しさだが話してみると実に親しみが湧いた。落ち着いた雰囲気で、はじめて会ったとき巡森は地元の友達と再会したようにリラックスしている自分を発見した。

分からないのは、そんな彼女が時折見せる憂いの理由だ。どんな美人にだって悩みがあるのは無論のこと。ただ、気軽に「どうしたの」と訊くことが巡森にはできなかった。目を伏せた早坂には秘密の香りがする。だからその憂いの中に立ち入るのが憚《はばか》られる。それがふたりの距離感だった。

「羨ましいな」

彼女が不意にそう言ったのは、ある日、二限目が休講となり、ふたりで時間を潰していたときのことだった。ラウンジの丸テーブルで話していると、知り合いが通りかかって他愛ない冗談を言ったので巡森は笑って返した。そんな何気ないやり取りを見て早坂が呟いたのだ。

羨ましいな。

その声音には影が差していた。

「笑うのが上手で」

＊

早坂冴香は笑うのが苦手なのだと、まるで自らの罪を告白するみたいに神経質な口調で話した。

聞いてみるとまったく笑えないわけではないらしい。現に巡森やほかの友達と話している際、声を出して笑うことは何度もあった。ただ笑顔を作ろうと意識してしまうと途端に頬が硬直するのだという。

「スマイルができないってこと？」

「そんな感じ」

「冴香ちゃん、それで困ってるの？」

「そんな程度のことでって思うかもしれないけど、すごく困ってる」

早坂は深く息を吐いた。

「今まで言わなかったけど、私、アイドルの仕事してるの」

それを聞いてストンと巡森の腑に落ちるものがあった。アイドルだからこんなに可愛いんだ、と。本当は反対なのだろうが、そういう納得の仕方をして「へえ！」と声を上げた。

「でも全然売れてないんだよ」

「へーえ……」

早坂はここへ来る途中に自動販売機で買ったレモンティーの缶を、まだ開けないまま両掌で包み込んでいる。

「歌もダンスも私なりに頑張ってるけど、それだけじゃあダメみたいで。当たり前だけどね。アイドルなんだからいつでも笑顔は基本中の基本。事務所の人にもずっと言われてる。でもどうしても上手くできないんだ。色々と特訓もしたんだけど――」

巡森は我が事のように早坂の話に耳を傾けていた。そのあまりに真剣な表情が早坂を少し笑わせた。

「こうやって話してると簡単に笑えるのにね」

早坂は芝居っぽく肩を脱力させてみせた。「ほんの一センチ唇を持ち上げるだけのことが、なんでこんなに難しいんだろう」

そう言って両手の人差し指で口角をキュッと押し上げる。他人から借りてきたみたいな、どこか空疎な仕種だ。

「この一センチのためなら私、悪魔に魂を売ってもいい」

力強い声を出してレモンティーをごくごく飲む。とってつけたような元気が痛々しかった。愚痴を聞かせたことを申し訳なく思い、重苦しい空気を取り払おうとしているのだろう。親身になって考える巡森の負担をなくすために、これはそもそも相談ではないのだと態度で示している。

その優しさや遠慮深さが、かえって巡森の心を動かす。力になりたいと率直に思う。そして「悪魔」という彼女の言葉を聞いたとき、あの特徴的な頭が自然と脳裡に浮かんだ。しばし考えた末に意を決して「なんとかできるかもしれない」と口にする。

「今日、学校が終わったら私について来て。会わせたい人がいるから」

その日の午後、ふたりはそれぞれの四限目を終えると正門前で落ち合い、「もんすたぁ♡」へ向かった。

傾きはじめた陽を受けながら、徒歩の早坂に合わせて巡森も自転車を押して歩く。誰に会うのかという早坂からの再三の質問に上手く答えられないまま、巡森の気持ちは徐々に張り詰めていった。本当に早坂と化野を引き合わせていいのか、友達をバケモノの前に晒していいのか、何か取り返しのつかないことが起こるのではないか、そんな不安が今更になってはっきりと形を持ちはじめ、唇を重くした。

病院の前を通り過ぎて長い坂を下り、住宅街に入るとすぐに「もんすたぁ♡」は見えてくる。

もし早坂に危険の及ぶ兆《きざ》しが見えたら、すぐに止めよう。そう固く心に決めた巡森は、朗らかな表情を作ってから「ここだよ」と早坂の方を振り向いた。

怪訝《けげん》そうに看板を見上げる彼女を手招きして店に入っていくと、レジカウンターの内側で法衣《ほうえ》を纏《まと》った化野が腕組みをして眠っていたが、気配を察し、片目だけ開けてふたりを見た。

そうして何も聞かないうちに呟く。

「ようやく仕事をしたな、巡森」

*

「事情は分かった。俺に任せろ」

早坂の話を聞き終えた化野は、なんら思議を挟むことなく言い切る。

「必ずなんとかしてやる」

しかし藪のような毛髪に鉛筆を突っ込んでポリポリとやる姿勢から、他人の苦悩を預かる気負いのようなものは一切感じられない。むしろこの世のものとは思えぬほどの凄まじい無責任感を漂わせている。

「本当、ですか……？」

早坂は店の看板を目にしたときと同じ怪訝そうな顔をする。

「二日後、またここに来い」

「どうしてあさって？」巡森は小首を傾《かし》げた。

「色々と準備があるんだよ」

「分かりました。それでは、また伺います」

あっさりとした口調で早坂はそう告げ、小さくお辞儀をして踵を返した。あとについて巡森も店を出ると、辺りは暗くなりはじめていた。

「どうだった？」

彼女を駅まで送る道すがら、表情を窺うようにして尋ねる。

「不思議な人だね。人と話して緊張したのは久しぶりだった」

大学から駅に繋がる商店街を歩く人のほとんどは学生である。時折通る自動車を誰もがのんびりした動きで避けている。わずかな距離を進むあいだ、いくつかの男子グループが早坂の横顔に注目して浮き立ったようにひそひそ話をしていた。不躾《ぶしつけ》にも指を向ける者や、「可愛くない？」とわざと本人に聞こえるような声で言い合う者達もいたが、早坂は素知らぬふうで、目線を乱すことも歩みを速めることもない。

「でも、なんとかするって何をするのかな」

「それは……あさって化野さんから直接聞いた方がいいよ」

現時点ではまだバケモノのことを話すべきではないと感じ、説明を回避する。

「私じゃあ上手く伝えられないと思うから」

「そっか」

「でも少なくとも、なんとかできるっていうのは嘘じゃないと思う。あの人、無責任に見えるけど」そして実際は見かけ以上に無責任だけど、「普通じゃできないこと、できる人だから」

「うん、そんな感じする」

「でも油断はしないで」

「え？」

「なんというか、あの人自身も常軌を逸してるから。見た目もアレだけど、中身はもっと普通じゃないから」

「なんとなく分かるよ、翠ちゃんの言いたいこと」

駅前の交差点の信号待ちで、早坂は微かに笑みを浮かべる。

「関わるなら自己責任で――そういうことだよね」

ずっと昔から仕度されていたみたいに落ち着いた微笑みだった。

この子なら大丈夫かもしれない。そんな無根拠の漠然とした楽観が巡森を包む。彼女の力になりたくて行動しているのに、知らぬ間に、彼女の表情に励まされてしまっていた。

＊

二日後の同じ時刻、再び早坂を連れて「もんすたぁ♡」に行くと、カウンターの内側では漆黒のスーツを着用した化野が待っていた。

仕事のときは喪服。たしか以前そんなことを言っていた。彼はこれから仕事に取りかかる気なのだ。然《しか》るべき手続きを経てバケモノを出現させる気なのだ。そう分かると俄然、身の縮む思いがする。静かに唾を飲み込みながら、掌に汗を掻くのを感じた。

「巡森から何か聞いたか」

化野は出し抜けに問う。

「いいえ、何も」

答える早坂の声に揺らぎはなかった。

「いいだろう」

化野は立ち上がり、カウンター裏の扉を開け、さらに土間廊下から上がる和室の障子を開いた。「こっちへ来い」

早坂は躊躇《ためら》う素振りもなく従ってそちらに向かう。巡森もあとに続くが、土間廊下に出る直前の所で化野の人差し指に額を突《つつ》かれた。

「痛ッ」

「お前は来なくていい」

「えー」眉を八の字にして情けない声を出す。「なんで、なんで？」

「店番だ」

「どうせお客さんなんて来ませんよ」

「ついに言いやがったな」

「だってそうでしょ」

「暇なのが嫌なら特別任務をやるよ」

「にんむ？」

「豆腐の角がいくつあるか数えろ」

「八つに決まってるじゃないですか。馬鹿にしないでください」

「誰が一丁って言った。この街の豆腐全部に決まってんだろ」

「無理に決まってるでしょ」

「じゃあ豆腐の角を数えずに済むありがたさを噛みしめながら店番しろ」

巡森は唇を閉じる。話す気がなくなったのだ。早坂のことを心配しながらも、半ば不貞腐《ふてくさ》れて扉を閉め、パイプ椅子に尻を落とした。

それからおよそ一五分が経ち、うとうとしていた巡森がついに豆腐の夢を見はじめたとき、扉が開いた。無防備な後頭部をノブに強打され慌てて立ち上がった、その脇を「ごめんね」と言いながら早坂が抜けていく。

「それじゃあ失礼します。翠ちゃん、また明日ね」

彼女は化野に頭を下げ、巡森には手を振った。

「どうしたの。なんだか慌ててない？」

「今日もレッスンがあるから」

言いながら背を向け、そそくさと店から出ていってしまう。

一体何が――？

巡森は後頭部を押さえながらキョトンとして「あの……」と化野の方を振り向く。

彼は後ろ手で障子を閉め、木製のサンダルに足を入れながら土間廊下に下りた。

「バケモノレンタルはしないそうだ。そんな荒唐無稽な話には乗れないとさ」

「あら、そうでしたか……」

「完全なる誤判断だという点を除けば、まあ賢明だよな」

考えてみれば当然のことである。どんなに切実に思い悩んでいても、バケモノの話など受け入れる方が珍しいのだ。巡森は早坂の身に厄介事が降り注がなかったことに安堵する。と同時に少し拍子抜けがしてしまった。彼女が断るという可能性をなぜか考えていなかったのだ。昨日、駅前の交差点で彼女の微笑みを見たときから、あるいはそれ以前から、最終的には彼女がバケモノをレンタルすることになるとなぜか思い込んでいた。自らの志のために、受《う》け入《い》れ難《がた》きを受け入れるだろう、と。

「すみませんでした。仕事に繋がらなくて」

「謝る必要なんてない。でもまあ、念のためもう一回謝ってくれるか」

「イヤです」

「このまま終わっていいと思うのか」

「なんでそんなに謝らせたいんですか」

「違う、早坂のことだ。なんとかしてやりたいって、まだ思ってるだろ」

「それはもちろん、ですけど……」

　巡森は場所を譲ったが、化野はパイプ椅子に座らず話を続けた。

「面白いことがあれば笑えるけど笑顔を作ろうと思うとできない。早坂はそう言っていた。それは間違いじゃないけど、やや不正確だ」

「どういうことですか」

「あいつは腹の底から噴き出すような大笑いをしたことがないんだ。幼少期は別かもしれないが、それでもきっと長いことそういう経験をしてない。それに笑う回数だって大学に通っているほかの女よりかなり少ないだろう。要するに自分の笑顔に慣れてない。だから笑顔が自在に作れないのさ」

化野は言い切るが巡森は頷かなかった。

早坂と化野がふたりで奥の部屋に入っていた時間は一五分程度なのだ。それはひとりの人間の内面を看破するに足る時間だろうか。早坂の悩みの種について、化野に確信的な口ぶりをもたらす要素が出揃うとは思えない。

「冴香ちゃんの一体何を見て、そんなふうに断言するんですか」

「四分話せば俺には分かる。そいつの病の風向きが」

「理屈になってませんよ」

「それに、この二日のあいだ早坂について色々と調べた。ライブやイベントの映像、雑誌のインタビュー記事、テレビやラジオ出演時の発言記録、本人のSNS、ブログ、ネットでの評判、幼稚園から高校までの卒業アルバム、文集まで網羅的にな」

化野は滔々《とうとう》と自らの仕事ぶりを列挙し、巡森を怯《ひる》ませた。

「すごい……。二日待てって言ったのは、そのためだったんですか?」

「そーゆーこった。俺は利用者の人生に責任を負わない。だからこそ半端《はんぱ》な仕事はしないのさ」

曇りのない声で答える化野に「おぉ」と巡森は感心し、さっきまでその見解に懐疑的だったのに、打って変わってピンと背筋を伸ばし、次の言葉を待った。

「あいつは歌も踊りも申し分ないように見えた。喋るのも下手じゃない。物腰は柔らかいし行儀だっていい。衆目を集めるための正統的な資質を持ってると言える。となれば、笑顔が作れないことを唯一の問題とするのは自然な考えだろう」

「それで――」

巡森は張り切った顔になって訊く。「私に何かできることはあるんでしょうか」

「なけりゃあこんな話、しねえよ」

不意に巡森の肩に手が添えられる。

「お前が、たくさん笑わせてやれ」

「え。そんな単純な？」

「それでいいんだ」

化野は弥勒菩薩《みろくぼさつ》のごとき慈《いつく》しみを湛えた顔で言う。

「どんな手を使ってもいい。笑わせてあげるんだ」

＊

「絶対に笑うな」

化野は不動明王《ふどうみょうおう》のように厳しい顔でそう言った。

巡森に店番を命じ、早坂とふたり、奥の和室で話したときのことだ。

「四日間、決して笑わないこと。いいな」

「……分かりました」

「それからもうひとつ。今回のバケモノレンタルについて他言しないこと。この二点がルールだ」

早坂はゆっくりと頷いた。こめかみから顎に冷や汗が伝い、意図せず足の指へ力が入って、畳の目をギュッと摑む。

今頃、巡森は店のカウンターでひとり、気を揉《も》みながら待っているだろう。他言無用とは彼女にも秘密にしなくてはならないということだ。早坂にはそれが心苦しかった。笑わないことに関しては、常に警戒を怠らなければやれないこともないだろう。

「ルールを破ったらどうなりますか」

「生涯に亘《わた》って笑顔を失う」

「……失う。——とは？」

「二度と笑えなくなるってことだ。何があろうとな」

「それは、その……バケモノ？　が、私の笑顔を奪う、ということですか」

化野は頷く。

「だがもし四日間、禁を破らずにいられれば、お前は万人の心に届く笑顔を自在に操れるようになる。この中に棲んでいるのは、そういうバケモノだ」

DVDのクリアケースが化野の胸の高さに掲げられる。

バケモノという言葉を聞き、話を進めていく中で、何かしらのリスクがあるのだろうと一応の覚悟はしていたが、まさかここまでとは想定外だった。早坂は金属のように固い唾を呑み込み、「本当ですか」と掠れた声で発した。

すると化野は長い息を吐きながら表情を緩め、降参するみたいに両手を頭の高さに上げる。

「――実は、全部冗談なんだ。脅かして悪かったな」

そして早坂が困惑を言葉に表すより前に、ストンと手を下ろし、「――って言われれば安心するか？」と今度はひどくつまらなそうに、視線を斜め下に向ける。

「信じる信じないはどうでもいい。要は、望むか望まないかだ。四日間のレンタルで一二万円。後払いでいい。どうする。やめてもいいぜ」

次々に情報を投げつけ、決断を迫る。まるで詐欺の手口だ。そう思いながら早坂は、

「いいえ」

自らの恐れを切るように首を振った。

「そのバケモノ、お借りします」

「素晴らしい判断だ。称賛に値する。それじゃあ手続きをはじめよう」

淡白な声で言うと同時に化野は素早く行動を開始する。和室の隅に置かれたボストンバッグからクリアファイルに入った書類を出し、早坂に署名と住所記入を求める。無線通信可能なモバイル型の磁気カードリーダーを取り出し、あらかじめ用意してあったカードを通したあと早坂の手元に置く。さらに早坂が署名を終えると書類を回収し、ケースから出したＤＶＤを持って柱の前に立つ。流れるような手際《てぎわ》だ。

「万端整った」

彼は言う。

「今からひょっこりバケモノが出現するわけだが、心の準備はどうだ」

早坂は息を呑む。

どう、と言われても――。

本当にバケモノが出てくるのか、それは一体どんな姿をしているのか、何も分からない状態で心の準備などできるはずがない。が、それでも早坂は慎重なまばたきのあとで力強く応じる。

「万端整ってます」

不安と猜疑《さいぎ》を押し殺す。何があっても笑わないという頑強な意志を胸中に築く。

化野がＤＶＤを挿入して間もなく、バケモノは早坂の背後に現れた。

＊

化野に言われて意気込んでみたものの、具体的な策がひとつも浮かばない。

どうすれば人を笑わせられるのか。人を笑わせるとはどういうことなのか。そもそも人はなぜ笑うのか。アハハハハ、という原始的な発音と規則的な筋収縮にどのような生理的あるいは精神的意味があるのか。微笑みとは他者への理解を示しグループに与《くみ》するためのコミュニケーション行動でしかないのか。などと巡らせなくていい域にまで考えを巡らせ、そしてついに、なんの結論にも至らなかった。

無策のまま翌日を迎え、早坂と対面することになってしまった。しかしたとえ無策だとしても普段通りにのほほんとやっているわけにはいかない。

巡森は頑張った。

早坂を笑わせるために愉快な話題を選んで喋った。

しかし彼女はピクリとも口角を上げなかった。

それどころか、いつも以上に表情が硬い。試しに物の名前を言い間違えてみたり、わざと扉を開けるのに失敗して額をぶつけたりしたが効果はなかった。

巡森には人を笑いへ誘導する勘や技術が単純に不足していた。だがそれ以上に早坂を笑わせられない重大な原因があった。

すなわち、巡森の「頑張り」である。

肩に力が入っているのだ。笑わせたい、笑わせなくちゃ——そう息巻くほど、その力みや作為が見ている人間の意識を冷やしてしまう。ぎこちなく、不自然な、見てはいけないものを見ている気分にさせる。

なんとか笑顔にしてあげたい、という友への純粋な想《おも》いが災いして巡森はこの現象に陥ってしまっていた。こんな調子ではいつまで経っても成果が挙げられないどころか、かえって早坂の顔を曇らせてしまいかねない。

参った。

上手く行かない原因は漠然とだが自覚している。だが分かっていてもリラックスして臨むのは難しい。結局は力でねじ伏せるしかない！　——と、もはや何と闘っているのか分からない気概で、基礎生理学の講義中、巡森はそっと財布に手を伸ばした。取り出したのは二枚の五百円硬貨。慎重な手つきでそれを両の瞼にあてがう。グッと頬を上げて固定し、手を離す。両目が金属化し、あたかもサイボーグ兵のような顔貌が出来上がる。

やっていることが小学生レベルなのは重々承知していた。

しかし後戻りする気はない。

おもむろに首を回し、隣席に座る早坂へ顔を見せつけるようにしながら、ほとんど吐息に近い微弱な掠れ声で、「古代ギリシャのある地方では、死者の瞼に硬貨を置いて弔う風習がありました――」と語りはじめた。

「冥府には川が流れていて、そこにカロンという渡し守がおりまして、そのカロンに支払うための渡し賃を死者に授けるという意味合いがあったんです。なんでも、これを支払えない者は数百年間、川辺をただ彷徨《さまよ》うことになるんだそうですねえ……」

語っているあいだ、当然だが巡森には何も見えていない。しかしそれでも、冷たく塞がれた視界の向こうで早坂がくすりとも笑っていないことが痛いほど伝わってきた。

短い沈黙のあと、恐ろしいまでにプレーンな声で「何してんの？」とだけ問われ、そっと両目から硬貨を外した。

「どうしたの翠ちゃん。今日なんかヘンだよ」

「そうかな。私、わりといつもこんな感じだけどな」

巡森は円く痕のついた目元をさすりながら平静を装《よそお》ったが、心は確実に痛んでいた。これほど不様な姿を晒してまで人を笑わせようとしたことなど人生で一度もなく、ゆえに失敗したときの恥ずかしさや悔しさもはじめて味わう。この、やり切れなさ。まるで自分のすべてを否定されたような気さえして、吐く息が震える。身体の節々が痛い。心なしか悪寒《おかん》もする。笑いを取れなすぎて風邪《かぜ》を引いたかもしれない。

だが諦めるには早い。あらゆる手を打ち尽くしたわけでもない。まだやれる。まだ闘える。友のために。そんな一途《いちず》な想いを胸に巡森は立ち上がり、しかしながら何か新しい策を思いつくこともなく昼休みになると再び両目に五百円玉を装備した。

「やめて」と言われた。

心が折れた。

「化野さーん！」

学校が終わるとすぐ「もんすたぁ♡」に駆け込み、化野に泣きついた。

「同情の余地なし」

「まだ何も言ってないのに」

「どうせ失敗したんだろう」

「そうなんですよー」声を伸ばしながら巡森はカウンターに上体を載せ、魚の死骸のようにだらりとした。「私には無理です。荷が重過ぎました。才能がありません」

「無理じゃない。荷が重過ぎることなんてない」

「適当に励まさないでください」

「才能はない」

「励ましてください」

「想定の範囲内」

「え？」

「お前のことだから、どうせ『はだしのすわぁ～ん』って鼻水垂らしながら帰って来ると思ってたよ」

「完全に『裸足のスワン』って言ってるじゃないですか。なんですかそれ。鼻水なんか垂らしてないし」

言い返しながらカウンターから身を起こす。

「信じてくれないかもしれませんけど私、結構頑張ったんですよ。自分なりに。でもなんでだか今日の冴香ちゃん全然笑わないんですよ。なんかこう、硬いっていうか」

「毎月3のつく日は笑わないんじゃねーの」

「お客様感謝デーじゃないんだから」

「明日また頑張れ」

「そう言われても。なんらかの策がないと」

「そう言うと思って用意してある」

「何をですか？」

尋ねる巡森に化野は「とっておきだ」と少し愉快そうに答える。

「とっておき？」

「ああ、会員カード出せ」

言いながら化野はレジカウンターの下に頭を引っ込める。そうしてがさごそと探し物をするような音を立てたあと、異様なほど緩慢な動きで再浮上してきたとき、片手にケース入りのＤＶＤを一枚携えていた。彼はそのＤＶＤ表面のバーコードを読み取り、さらに巡森の会員カードをリーダーに通す。続けてレジを操作しながら、視線だけを巡森の方へ向けて「なんだその不安そうな顔は」と片方の眉を上げる。

「レンタル料は取らないから安心しろよ」

「いや、そういうことじゃなくて」

顔の前で手をパタパタと振りながら、化野を追ってカウンター裏の扉を抜ける。

「私は何を借りるんですか？　できれば遠慮したいんですけど」

「遠慮するな。姿を消すバケモノだ」

「なんですと？」

和室に上がった化野はケースから出したＤＶＤを押入れ脇の柱に近づける。

「待ってください。本当に消えるんですか」

「見えなくなるだけだ。感触は残る。声も残る。匂いはなくなる」

化野は早口で説明しながらＤＶＤを挿入する。

「あっ。何さりげなく入れてんですか」

巡森はギュッと身を竦《すく》ませて辺りを見回した。

が、しばらく経ってもバケモノは出現しない。

「出てきませんよ」

「もう出てきてる。そして――」

化野は一旦言葉を切り、巡森の隣の誰もいない空間をビシッと指差した。

「お前はもう消えている」

「はあ？」

いくら信じやすい巡森といえども、そんな台詞を真に受けて驚くほどアンポンタンではない。微苦笑しながら「何を言ってるんですか」と優しい声で化野に問いかける。すると化野はその声に反応して、誤っていた指先の方向を修正し、巡森に向け直した。

「お前はもう消えている」

「やり直さなくていいですよ」

化野の顔には、まったくふざけた様子がない――というわけではないが、ふざけているのか真面目なのか判然としない、つまり普段通りの様子だ。巡森はにわかに不安を覚え、自分の両手に目を落とした。それから爪先も見る。おかしな点は何もない。掌も足も、あるべき所にはっきりと存在している。そう訴えようとすると、「自分のことは見えるぞよ」と、なぜか仙人感の強い喋り方で告げられた。

「じゃあ化野さんは今、私のこと見えてないんですか」

「姿は見えない。声だけ聞こえる。不眠症のアシカみたいな声が」

よく分からない割に悲しい気持ちになる悪口を無視して、

「バケモノはどこに？」と巡森は訊いた。

「見えない。その辺に浮いているはずだから探せば触れるが」

「いや、いいです」

巡森は再度、自らの掌を眺めながら「ホントに見えてないのかな」と半信半疑で呟く。それから試しに化野の顔の前で手を振ってみたが、彼の眼球は動きを追わなかった。今度は片手を自分の背に隠し、指を三本立てて「指の数を答えてください」と出題する。

「身体が透けて見えるなら分かるはずです」

「何言ってんだ」

「私は今、背中に手を隠していますから。さあ何本ですか」

「指も消えてるんだよ」

「あ。そっか」

「お前は本当に骨の髄まで愚森《おろかもり》だな」

「やめてください。骨の髄まで巡森です」

そのときふと悪戯心《いたずらごころ》が働いて、巡森はスススッと化野の背後に忍び寄り、彼の頰を指で突いた。

「なんだ！」

化野は鋭い反応を示し、両手を宙にさまよわせる。「誰だ！」

誰かは分かるだろ、と巡森は内心で呟きながら彼の手を避け、今度は脇腹を突っつく。「やめろ」と言って体を捩《よじ》る化野を見ながら、これはすごく面白いぞと興に入って早くも本来の目的を忘れかけた。

「おい巡森。いるか」

「はいはい」

「これを外で使うときは少し用心しろ。周囲から見えていないということは自転車も車も避けてくれないし、もし轢《ひ》かれても誰も気づいてくれない」

「はーい」

締まりのない返事をしながら巡森は、この楽しい能力の有効な使い方を思案しはじめた。

*

レッスンを終えた早坂が帰宅したのは夜の一〇時半だった。

故郷の仙台《せんだい》を遠く離れ、千葉《ちば》の市川《いちかわ》でひとり暮らしをしている。

マスクを外した彼女は洗面台に手を突いて「疲れた」と呟く。レッスンもだが、それ以上に学校で笑いを堪えるのが辛《つら》かった。

ひとえに巡森のせいだ。

どうして今日に限って彼女は、あんなにおかしな言動を連発していたのか——不可解であり、今の早坂にとっては甚だ迷惑な話だ。

「ホントに危なかった」

そう呟きながら、五百円玉を目に嵌めた巡森を思い返すと吹き出しそうになり、慌てて頭から追い出す。

電話が鳴ったのは、夕食のレトルトカレーに添えるためキャベツを千切りにしていたときだった。手を拭いてからスマートフォンの通話ボタンを押すと、受話口から低い声で「化野だ」と聞こえた。

「……こんばんは。どうされましたか？」

早坂は冷蔵庫に寄りかかりながら応じる。

巡森のことなんだが、と前置きして彼は話した。

「あいつは今、自分が思い通りに姿を消せると信じ込んでるんだ」

「…………特殊な状況ですね」

「複雑な事情があってな」

化野は咳払いをひとつ挟んで話を続ける。

「それで、お前に頼みがあるんだが」

「ええ」

「もしあいつが姿を消したつもりで何か行動してる現場に居合わせたら、見て見ぬ振りをしてほしいんだ。消えていると信じたままにさせておきたい」

「いまひとつ要領を得ない話ですけど」

「とにかく頼む」

それで電話は切れてしまった。

ロック画面に戻ったスマートフォンのディスプレイを眺めながら、こぼれそうな溜息を呑み込む。詳しいことは分からない。だがまた何かおかしなことが起こるのは間違いなさそうだ。いっそのこと明日は学校をサボってしまいたい。それが得策と思える。けれど早坂には両親との約束があった。「実家を出てアイドルをやるのは許すが、きちんと大学には行きなさい」という唯一の約束。それを蔑《ないがし》ろにはできない。

そうして翌日、これ以上ないほど唇をきつく結んで臨んだ早坂だったが、問題の巡森は昨日と打って変わって大人しく、無事に一日を終えられそうだった。

四限で同じ講義を受けていたふたりは揃って正門へ向かった。帰宅する前に駅近くのスーパーで買い物をすると巡森が言うので、彼女が駐輪場から自転車を取ってくるのを、早坂は流れる雲を見上げながら待った。本当は早々に巡森から離れるべきだったが、そのための上手い言い訳を思いつくこともできず、また今日の巡森であれば過剰に恐れることもないと判断して、駅へ向かい一緒に商店街を歩いた。

正面から吹きつける風の強さが、ふたりの目を細くさせる。脇の路地からカラカラという音とともに空き缶が転がってきたので早坂は立ち止まった。おやおやまあ、と昔話の老婆みたいなことを呟きながら巡森がそれを拾おうとしたとき、空き缶に続いて化野が飛び出してきた。

「うわあッ」

驚いた巡森は屈めていた身を一気にのけ反らせる。そしてその大きな運動の中で偶然に、しかし的確に化野の顎を肘打ちする。ビル清掃員の恰好をした化野は気絶してその場に倒れ込んだ。

「ああ！　化野さん」

巡森が声を上げながら彼の傍《かたわ》らに膝を突こうとする。が、その心配をよそに化野はすぐに目を覚まし、立ち上がってひと言、

「おおっと」

「ギリギリ当たらなかったときの台詞ですよそれ！　どうしたんですか急に飛び出してきて」

巡森の声や身振りがいちいち大きく、道行く人々の視線を集めるので早坂は落ち着かなかった。

「どうもしてねえよ」

化野は作業服の袖で額を拭う。

「汗なんか掻いて。もしかして、また食い逃げですか」

「ちょっと額の汗を拭いたくらいでそんな疑いをかけられるとはな。しかも実のアルバイトから。悲しくてやり切れないぜ」

「日頃の行いですよ。あと、どっちかって言うと義理のアルバイトです」

「栗《くり》追う僧の泥睫毛《どろまつげ》」

「はい？」

「江戸の諺《ことわざ》だろうが。ひとを食い逃げ呼ばわりするやつの方が潜在的には食い逃げ犯って意味の」

「何それ。ホントにそんな意味なんですか」

もちろんそんな意味の諺ではなく、そもそもそんな諺はない。

早坂は唖然《あぜん》としてふたりのやり取りを眺めていた。一言すら差し挟む隙がなく、差し挟む気も起こらない無益な応酬を。

そのうちに巡森が何か思いついたように眉を上げた。

「でも、たしかに今日はちょっと暑いですよねえ」なぜか彼女の口調は芝居がかっている。「私もちょっと汗掻いてきちゃいましたよ」

そうして飲み物を買ってくると言い、小走りで離れていく。ややあって戻ってきたが、どうも様子がおかしかった。

すぐそこにある古着屋の立て看板の陰から身を屈めて現れたのだ。買いに行ったはずの飲み物は持っておらず、代わりに一枚の新聞紙を両手で摘《つ》まんでいる。広げたそれを地面に這わせながら、張り詰めた面持ちで近づいてくる。

早坂はハッとした。横目で窺うと化野が小さく頷いて応じるので、やはりと確信する。昨晩、化野が電話で言っていた――「自分が思い通りに姿を消せると信じ込んでる」。その特殊な状況が今まさに目の前で展開されようとしているのだ。

巡森がそんなつもりになっている原因は謎だし、姿が消えたからといって新聞紙を引《ひ》き摺《ず》りながら登場する理由も謎だが、とにかく彼女の表情が真剣なので、早坂としてはただ化野に頼まれた通り、見て見ぬ振りをするしかなかった。

やがてふたりの足元までやってきた巡森は、何をするかと思いきや、新聞紙をファサッと持ち上げて化野の顔面を梱包《こんぽう》するという暴挙に出た。

「んごっ」

不意打ちで呼吸を塞がれた化野の短い声が漏れる。

早坂は硬直し、目を丸くすることしかできない。一体この友人は何をやっているんだ。昨日は五百円玉を目元に嵌め込むなどの奇行を連発し、今日は大人しいと思ったら突然これだ。本当に気が狂ってしまったのではないか。

目前で繰り広げられる奇行から察せられることといえば、どうやら巡森が強風による偶然を装っているらしいということだけだ。だがそれにしても、化野の背後に回って紙の両端を引っ張り、どんな暴風でもあり得ないほど顔に密着させているのだから明らかにやりすぎだ。

化野はされるがままでいる。身じろぎひとつしない。あまりに無抵抗なので、見て見ぬ振りにしても不自然になってしまっているが、もしかすると呆れ果て、芝居で応じるのも嫌になっているのかもしれない。

やがてパァンという音とともに新聞紙が縦に裂け、化野の顔が突如として露わになり、その表情が月面のように粛然としていたので早坂は吹き出しそうになって咄嗟に目を逸《そ》らした。

急に破れてしまったことに対して張本人の巡森も驚いて新聞紙を足元に落としたが、すぐに俯《うつむ》き、手の甲を口に押し当てながら肩を震わせはじめた。どうやら声を殺して笑っているらしい。

本当になんなんだ。

この友人はなぜ姿を消してまでこんな下らないことをやるんだ。不可解すぎる。ただ、懸命に笑いを堪えている巡森を見ると、早坂はさらに可笑《おか》しくなってしまうのだった。いわゆる誘い笑いの効果だ。

堪《たま》らず天を仰ぐ。心を虚にしなければ――。

その後も巡森は唇を固く閉じて吐息が漏れるのを防ぎながら、「ただの悪戯」以外の何物でもない所業を飽かずに繰り返した。その機敏な動きや表情からは、彼女が無邪気に、のびのびと楽しんでいるのが余すことなく伝わってきた。

化野はただずっと静かな顔でそれらを受け止めていたが、そのうちに「巡森はまだ戻ってこないのか」と口を開いた。「どこまで行ったんだ」

その言葉を聞くと巡森は一層、苦しそうに身を捩って笑った。涙を浮かべ、呼吸すら覚束《おぼつか》ない様子だ。

滑稽だった。

緊張と興奮と背徳に身悶《みもだ》えながら、絶対に存在を感知されぬよう片手で口を覆って声や呼吸を必死に抑えているが、現実にはその様子さえ丸見えなのだ。ただ、ありのままの巡森がそこにいる。しかも堪え切れずに声がちょっと漏れている。とても楽しそうであり、なぜか懸命であり、あまりに滑稽。

そんな友の横顔が可笑しくて仕方なく、早坂もまた必死に耐えていた。下唇を強く嚙み、眉間にも力を入れて、噴出しそうになる息を押し潰し続けた。だがいつまでも我慢が続くわけではない。あと一押しされれば声を上げて笑ってしまいそうだと感じ、逃げることにした。

「私、そろそろ行かないと。レッスンに間に合わなくなるので」

震える声で告げた。

「オーケー。あの阿呆が戻ったらそう伝えておく」

そうして小走りでふたりから離れた。しばらく行った所で立ち止まり、長く息を吐くと喉の奥に疲労を感じた。

いまだ強張《こわば》りの残る頰に手を当てる。

あんなに可笑しかったのはいつ以来だろう。あとひとつでも巡森が何事かやらかせば、きっと笑ってしまったに違いない。そうすれば永遠に笑顔が失われていたのだ。

早坂は安堵する。あれで笑わなかったのだから、もう何が来ても大丈夫——そう思えたからだ。それに明日は土曜なので学校は休みだ。この四日間の試練において想定外の難敵となった巡森と会うことは、もうない。

——私は勝ったんだ。

＊

早坂が去ったあと巡森は一旦、自動販売機の陰に隠れてプレーヤーからＤＶＤを抜き取り、化野の前に姿を見せた。

「いやあ、面白かった」

「お前が面白くても意味ねえんだよ、この馬鹿」

「どうしてそんなに怒ってるんですか。何か嫌なことでもあったんですかあ？」

巡森がとぼけた顔で訊くと、化野は深く溜息をついた。

「ああ……。新聞紙で顔包《くる》まれるわ、鏡の反射で身体中に日光当てられるわ、ポケットというポケットに十円玉詰め込まれるわ——」

「ん……？」

「偶然に見せかける演出も途中からおろそかにして、消えたつもりになってる阿呆が色々やってくれたな」

「つもり！」

巡森は弾《はじ》かれたように上体を反らした。「消えたつもり!?」

「昨日貸したのはバケモノも何も入ってない空のディスクだ。お前は最初から最後まで一瞬たりとも消えてない」

衝撃の事実に巡森は狼狽《ろうばい》し、そんな、そんな、と繰り返す。

「ふたりとも気づかない振りをしてたってことですか」

「通行人もだ。お前を異常者と思って見ないようにしてた」

「なんで騙《だま》すんですか、もうっ」

「面白そうだからに決まってんだろ」

「悪魔か！」

「落ち着け。俺にとってじゃない」

「冴香ちゃんを笑わせるため？」

「そう。透明人間になってるつもりのお前が、早坂を笑わせるために色々と頑張る、けど本当は透明になんかなれていない――っていう構造」

「説明されるほど腑に落ちない……。なんでそんなややこしいことを」

「切なさとか悲哀っていうスパイスが入ることで笑いは鮮明化するんだ」

「スパイシー過ぎて涙出ます」

「味方を騙すくらい奇抜な手を使わない限り早坂を笑わせるのは難しいと思ったんだよ。すべてはあいつの笑顔のためだ」

　そう言われたところで不満が解消されるはずもなく、といって有効な反論を思いつきもせず、奥歯を噛みながら恨みがましい眼差しを化野に向けたとき、ある疑問が巡森の脳裡に浮かんだ。

　――最初から最後まで透明になっていなかったのなら、どうして冴香ちゃんは私にそのことを言わなかったのだろう？

　この疑問は化野の奸計《かんけい》を暴く端緒となり得る重大なものであり、巡森はこのポイントについてさらに深く考えるべきだったが、「まあ、お前が納得しようがしまいがどうでもいいんだ」と化野からまた腹の立つことを言われたために、「人を騙しといて、よくそんなこと言えますね」などと詮ない文句を投げ返し、そんなことをする間に、浮かんでいた重大な疑問は頭蓋骨を通り抜けてふわふわと空に逃げてしまった。

「済んだことだ。そして俺達は失敗した。もうお前に用はないから、帰って寒天でも齧《かじ》って寝ろ」

「なんでそんなヒドい言われ方されなきゃいけないの……。頑張ったのに」

肩を落とす巡森を尻目に化野は歩き出す。そして彼女に散々やられたせいで乱れた作業服の襟を正しながら静かに宣言する。

「ここからは俺の番だ」

＊

土曜日の昼下がり、早坂は同じ事務所のグループアイドルとともに幕張《まくはり》のショッピングモールでミニライブイベントを行っていた。

そのグループは早坂の先輩にあたるがメンバーのほとんどが中高生である。今年に入って徐々に知名度を上げてきており、この日のイベントも彼女達の新曲プロモーションがメインで早坂に与えられた出番は短い。

小雨《こさめ》がぱらつき、空は果てまで鈍色《にびいろ》の雲に覆われていた。そのせいか屋外イベントスペースに客足はまばらだ。

曲を披露し終えてステージから退き、控え室がある建物の反対側に移動するため車に乗り込むまで、早坂の瞳には生気が漲り、頬は上気していたが笑顔ではなかった。決して口角を上げないよう気を張っていた。

一旦、控え室に戻るとスマートフォンだけを持ってすぐにトイレへ行き、その戻り際、化野に呼び止められた。背後からの声にギョッとして振り返ると、彼は腕を組んで通路の壁に背を預けていた。

「化野さん」

「ああ、何を隠そう俺だ」

彼は荒々しくうねる前髪を掻き上げる。

「どうしてここに」

「フンッ。関係者以外立ち入り禁止ですよ、とでも言いたいのか」

「いえ、まったく」

「なぜ俺がここに来たと思う」

「それを今お尋ねしたんですが」

「ライブ観《み》たぜ。悪くなかったな」

「ありがとうございます」

「アイドル以外の道を選ぶ気はないのか？」

「ありません」

唐突に放り込まれた問いを早坂は即座に打ち返した。自分の夢に対する否定を嗅ぎ取ってにわかに反撥心が沸騰した、というわけではない。当たり前のこと、吟味に値しないこと、だから口が勝手に動いたのだ。

「お前のこと、実はちょっと調べさせてもらったんだ。小学生の頃からアイドルになりたかったみたいだな」

「それは、たしかにそうですけど。何をどうやって調べたんです？」

「色々なことを色々な方法で調べたのさ。色と色が色を呼ぶ色世界みたいにな」

意味がよく分からないので早坂は仕方なく沈黙を選んだ。すると意味がよく分からないことを言った化野本人もなぜか沈黙した。

イベントスタッフがふたりの横を小走りで通り過ぎていく。化野は非常階段への扉を目で示し、ついて来るよう早坂を促した。

「未来のわたしへ」

薄暗い階段に座りながら彼は言う。「今、わたしはにこにこしています」

「なんですか。急に」早坂は立ったままで眉を寄せる。

「なぜかというと、未来のわたしのことを考えて、わくわくしているからです。アイドルにはなれましたか？」

と、ここまで来ると心当たりを覚え、早坂は「ストップ、ストップ！」と前に伸ばした両手を細かく振った。「どうしてそれを？」

化野が口にしたのは、小学校の卒業文集で「未来の自分へ」というテーマのもと早坂が書いた作文の冒頭に違いなかった。彼はそれをコピーもメモもなく暗誦《あんしょう》したのだ。

「こんな拙い文章を書く時分から今に至るまで志を一貫してきたわけか」

不意に化野は瞳を冷ややかにした。伏せられたカードの図柄を当てようとするみたいに、そして当てる自信があるみたいに、澄んだ意気の籠もる眼差しを早坂に向ける。

早坂は照れ臭さによる心拍の上昇を落ち着けてから「ちょっと違います」と答えた。

「それは漠然とした子供の夢です。叔母《おば》さんに一度、有名なアイドルのライブに連れて行ってもらって、それで憧れたんです。大雑把に言ってしまえば、気分ですよ」

「なるほど。でも、お前は今なおアイドルに強く拘《こだわ》ってる。このあまりに拙い文章を書いたときとは別の動機が今のお前にあるってことか？」

「いちいち作文のこと持ち出さないでいただけますか」

どうなんだ、と化野は静かに質す。

「もう知ってると思いますけど、私は仙台出身で、こっちに越してきたのは高校を卒業してからです」

早坂は面接を受けるような硬い声で話した。

「地元でもアイドルをやっていたんですよ。グループで。ほとんど仙台市内で地道に活動していて、私は高校一年の頃にそのグループに入ったんですけど——」

そこで早坂は言い淀んだ。当時の光景が脳裡に蘇り、少しだけ気の遠くなるような感じがしたのだ。ライブに観客を呼ぶため真冬の路上でPRした日の、指の冷たさ、それでも数える程度しか人が集まらなかったこと、夢を諦め去っていった仲間の笑顔……、それらすべてが淡い色をして身体の真横を通り過ぎる。

「その頃の写真、あるか？」

「ええ。多少は」

早坂がスマートフォンに保存してある写真を探してから手渡すと、化野は割れた鏡に相対するみたいな無感動な顔でその画面を眺めた。

「でも入ってから一年も経たないうちに地震があって、活動が続けられなくなって」

早坂は無意識のうちに傍らの手摺《てす》りを軽く摑む。

「ヘンな話ですけど、そのときだったんですよ。先輩メンバーも事務所の人達も凄く落ち込んでいて、それを見て私、本気でアイドルになりたいって思ったんです。とてもはっきりと揺るぎなく」

「すでにアイドルだったのに？」と化野が顔を上げる。そして結局写真については何ひとつコメントすることなくスマートフォンを返した。

「理屈としてはおかしいんですけど、そのときは本当にそう思いました。はじめて心の底から『人を笑顔にしたい』って気持ちが強く湧いて、自分の人生を賭ける覚悟ができて、あんな絶望の中だったけど、パッと目の前が拓《ひら》けた気がしたんです」

当時、彼女達が震災により活動停止に追い込まれていく様を、あるテレビ番組が取り上げたことがあった。その映像を上野《うえの》にある芸能プロダクションの社員が偶然目にし、早坂をソロアイドルとしてスカウトした。早坂はすぐに返事ができなかったが、仙台でともに活動していたほかのメンバーがそれぞれ別の道に歩み出していることを知り、心を決めた。

「ちゃんと大学に通うという条件で親に許してもらって、こっちに来ました」

そこまで聞き終えると化野は簡単な暗算をするときのように二度、浅く頷いたあとで時刻を尋ねた。

「五時ちょっと前だと思いますけど」

「――ってことは残りおよそ二四時間か」

「ええ。……本当に、綺麗に笑えるようになるんですよね」

「なるさ。そんなに心配するな」

「はい」

「大船に摑まったつもりでいろ」

「できれば乗ったつもりでいたいです」

「もしお前が禁を破らなかったにもかかわらずバケモノの効力が発揮されない場合、レンタル料は受け取らない」

疑っているわけではなかった。

最初にバケモノの話を聞いたときはもちろん馬鹿げていると感じ、反応に困りながら、それでも、嘘なら嘘でもいいと、ほとんど藁《わら》にも縋る思いでレンタル契約をした。

だが今では目の前の怪人の言葉を不思議と信頼することができる。「ありがとうございます」と偽りなく言える。

「なに、仕事だ」化野は頭を左右に傾けて首の骨を鳴らしながら立ち上がる。「それに礼を言うのはまだ早い。物事は大抵の場合、思った通りには運ばないんだ。それはお前もよく知ってるだろ」

「そうですよね。油断大敵」

「最後にひとつ訊く。アイドル以外の道はないと、お前はさっきそう言ったが、その意志は正真正銘か」

「もちろん」

　そのとき非常扉の向こうから「冴香さーん」と呼ぶ高い声が聞こえた。一緒にイベントをやっていたグループのひとりだろう。「どこー？　ゼリーありますよー」と幼く無防備な声を通路に響かせている。

「行かないと――」

　そう言いながら、扉に向いていた視線を戻したとき、すぐそこに立っていたはずの化野の姿は消えていた。

＊

　明くる日の午後、巡森は「もんすたぁ♡」でひとり、相変わらず客来のない退屈な店番をしていた。化野はまたどこかに出かけている。

　退屈が嵩《こう》じて早坂のデビュー曲を歌った。おととい本人からＣＤを貰《もら》ったのだ。まだろ覚えだが構わず店の隅々にまで届くボリュームで熱唱した。終盤はもう歌詞など雲散してふにゃらふにゃらとメロディーをなぞるだけだったが、それでも機嫌よく一曲を歌い上げたとき、店の奥から物音が響いてきたので跳び上がるほど驚いた。

しかしすぐ冷静になり、音の種類から、先日と同じくスチールラックの段が外れたのだと見当をつけ、行ってみると案の定の有様である。先日は最上段だったが、今度は上から二段目の留め具が外れている。

巡森は頭上に警戒しながら落下物を拾い集めた。水色のファイルが数冊。それぞれの表紙には平成何年かが記されている。その中に一冊だけ厚みのないものがあった。表紙には年ではなく「有効」とある。巡森は特に悪気も抱かず、軽い気持ちでそれを開いてみて、我が目を疑った。

綴《と》じてある数少ない書類の一枚目に早坂冴香の名が直筆で書かれていたのだ。レンタル料の欄には一二万円、レンタル期間の欄には四日前から今日までの日付が記されている。

「なんで……」

早坂はバケモノを借りなかったはずだ。

あれは嘘だった、ということだろうか。

乱暴な手つきで紙を繰る。次の一枚には「バケモノ（e-1061）レンタルに関する覚書」とあり、早坂が四日間笑ってはならないことや、このレンタルについて他言しないこと、もしそれを破った場合どうなるかが明記されていた。

「――乙は生涯に亘り笑顔を封印されることを承認する。尚、笑顔とは本契約締結時におけるZONY社製デジタルカメラのスマイルキャッチ機能により認識される表情を指す……」

巡森は床に膝を落とし、愕然《がくぜん》とした。

「なんじゃこりゃあ！」

生涯。笑顔。封印。

正気の沙汰ではない。

巡森の知らぬ間に早坂と化野はこんな契約を交わしていたのだ。つまり、この四日間早坂は決して笑わぬよう細心の注意を払って生活していたということになる。なるほど、ここ最近、彼女の表情が硬かったのはそのためだったのだ。そうとも知らず巡森は、なんとか彼女を笑わせようと奮励していた。良かれと思って頑張ってしまった。

現実には、それらはすべて彼女を追い詰める行為以外の何物でもなかったのだ。

今すぐ彼女に詫《わ》びたい。できることなら、五百円玉を両目に嵌めてふざけていた過去の自分を洞窟の奥に閉じ込めたい。

そう悔いると同時に化野への激しい怒りが湧いた。

早坂とこんな契約を結びながら、なぜ巡森に「笑わせろ」と命じたのか。それは取りも直さず早坂の笑顔を奪えということだ。さらには透明になれるなどという嘘で巡森を騙し、甚だ回りくどいやり方でもって道化《ピエロ》を演じさせ、それを早坂に見せつけた。要するに何がなんでも彼女に規約を破らせたかったのだ。理解できない。怒りだけでなく、動機が皆目不明であることの恐ろしさで肩が震える。そして猛烈に不吉な予感が胸を占める。

『ここからは俺の番だ』

そう化野は言っていた。世にも狡猾怜悧《こうかつれいり》な手で目的を完遂する気に違いない。

巡森はファイルを放り置いて、化野と話をするためスマートフォンを手にしたが、思い直して早坂に電話をかけた。しかし繋がらず、やはり化野の方にかけるが、こちらも応答がない。再びファイルを開き、契約書に記載されている早坂の現住所をマップアプリに打ち込むと、巡森はすぐに店を飛び出した。

＊

巡森からの着信があったとき早坂は八幡《やわた》の自宅におり、スマートフォンの振動に気づきながらあえて目を逸らし、そして瞑った。

時刻は午後四時を少し過ぎたところ。残りおよそ四〇分で願いは成就《じょうじゅ》される。もはや誰とも話したくないし、何も見聞きしたくなかった。まして四日間における最大の障害であった巡森と通話するなどという危険を冒す気にはなれない。

ただ黙って時が過ぎるのを待つのみ。

インターフォンが鳴ったのは、その電話から数十分経った頃である。

玄関扉の向こうにいたのは化野だった。

「刻限だな」

喪服姿の化野は部屋に上がるなり、棚に置かれたデジタル時計を一瞥して言う。時計はちょうど約束の時刻を表示していた。

「終わった……」

早坂はゆっくりとまばたきをする。緊張が解け、本当に身体の感覚としてはっきり分かるほど肩が軽くなった。

「これで私はもう、綺麗にスマイルできるようになったんですよね」

「試しにやってみたらどうだ」

「そんなに急には」早坂は掌で頬の肉を撫でる。「何しろ四日間、笑わなかったから」

「お前はよく頑張ったよ」

化野はそう言って、手に提げたボストンバッグからクリアケース入りのＤＶＤを取り出した。

「これは俺からのささやかな祝福だ」

「なんですか？」

尋ねる早坂の脇を抜け、化野はテレビの背面に回って配線を弄ったあと、レコーダーにディスクを入れてリモコンの電源ボタンを押した。「見れば分かるさ」

気を緩めていた早坂に再び警戒が宿る。また何か別のバケモノが現れるのではないかと考えたからだ。しかし部屋のどこからも異形のものは出現しなかった。

間もなくしてテレビ画面に映し出されたのは、仙台でグループアイドルをやっていた頃のメンバーのひとりだった。こちらに向かって笑顔で手を振り、短いメッセージを述べている。それが終わると映像は一旦途切れ、場所が変わり、また別のメンバーの手を振る姿があった。

「ビデオレター……？」

早坂は床に膝を突き、画面に顔を近づけた。

ひとりにつき二、三〇秒と短いが、当時のメンバー全員分のメッセージが撮影されていた。いずれも早坂の成功を祈り、応援する内容だ。

「化野さんが撮ったんですか。わざわざ宮城《みやぎ》まで行って」

「まあな」

最後に映ったのは小さな公園に並んで立つ、早坂の家族だった。両親は川の対岸に向けるように大きく手を振っている。まだ実家を離れて二ヶ月ほどしか経っていないのに、母のメッセージは長く、父は「いつでも帰ってこい」などと言っている。飼っているボーダーコリーがずっと弟の腰に跳びかかっている。

早坂の口元に、ごく自然に笑みが浮かぶ――その直前。

インターフォンが鳴り、玄関扉の開く音とともに「おじゃまします！」と大声が響いた。さらにドタドタと足音が近づいてくる。驚いた早坂がリモコンの一時停止ボタンを押したそのとき、部屋に飛び込んできたのは巡森だった。

「どうしたの翠ちゃん」

「笑ってない⁉」

いきなり切羽詰まった様子で彼女は叫ぶ。

「う……うん。笑わなかったよ。翠ちゃん大丈夫？」

「よかった」

彼女の呼吸はひどく乱れ、首筋には汗が滲んでおり、ここまでずいぶんと急いで来たことが容易に窺い知れた。

経緯は不明だが、笑っていないか確かめるということは此度《こたび》のバケモノレンタルについて知ったに違いない。彼女の顔には何か切実なものがある。事情を知り、心配してくれたのだろうか。早坂は先程の電話に出なかったことを申し訳なく思い、同時に胸の奥が熱くなった。

「翠ちゃんには、ちゃんとお礼をしなくちゃね」

「え？」

「バケモノのこと紹介してくれて、化野さんに会わせてくれて、ありがとう」

「ストップ、ストップ！　微笑んじゃダメだよ」

「もう大丈夫、約束の時間は過ぎたから。四日間、無愛想でごめんね。あとバケモノを借りたこと、黙っててごめん」

早坂がそう口にした途端、室内の空気が一変した。

化野が蠟燭《ろうそく》の火を消すみたいにフッと短く息を吐き、その場に腰を下ろす。巡森は不可解そうに表情を歪《ゆが》めて「どういうこと?」と呟く。

なぜ巡森がそんな顔をするのか、早坂には理解できなかった。

「熱っ」

突如、右肩に焼け石を押し当てられたような熱を感じた。早坂は反射的に手で押さえたが、熱は逃げるように腕の皮膚を滑り、少しも弱まることなく手の甲にまで下りてくる。歪《いびつ》な形をした濃紺の痣《あざ》が手の甲で揺らめき、おもむろに皮膚から浮き上がると、最後はするりと宙に飛び出た。

四枚の翼を優雅に振り、早坂の眼前で身を翻す。大きさは片手に載る程度であり、頭部らしきものが認められるが目も口も触覚もない。全体が青く半透明で、その身を通して向こう側の景色を眺めることができる。

これこそが早坂のレンタルしたバケモノだった。

四日前、彼女は右肩にこの異形のものを宿らせた。バケモノは皮膚の上から彼女をずっと見張っていたのだ。

ゆったりと部屋の天井付近を旋回したあと、バケモノは再び早坂のもとに下りてきた。そうして丸みのある頭部で早坂の頰に、まるで接吻《せっぷん》でもするように優しく触れた。

早坂は避けもせず、ただ息を止めてそれを受けた。すると不意に、とても大切な記憶をひとつ、果てしなく深い穴に落としてしまったような悲しさが胸をいっぱいにした。何が失われたのか分からないのに、決して取り返しがつかないということだけが泣きたくなるほどはっきりと分かり、早坂は草が枯れるようにその場にへたり込んだ。

「何が起こったんですか」

最初に口を開いたのは巡森だった。

「今、早坂は笑顔を忘れた」

化野は不要な書類を読み上げるみたいに乾いた声で言う。

「他言無用の禁を犯したから」

「嘘……」

早坂は、ほとんど声にならないほどの細さで「だって――」と口にしながら、棚の上のデジタル時計に虚ろな視線を向ける。時刻は午後五時を回っている。刻限はとうに過ぎている。しかし、

「冴香ちゃん、その時計、合ってない」

巡森が苦渋の表情で伝えた。

「そんな……」早坂はベッドの上のスマートフォンに手を伸ばす。だが画面を点ける前に化野が言った。

「その時計もずれてるよ。炊飯器と給湯器とレコーダーの時計もな」

「やっぱり」

低い声で巡森が言う。「化野さんの仕業ですか」

「昨日のうちにな」

早坂は絶句する。

「テレビは映らないように細工しておいた。時刻が表示される番組も多いからな。まあ、笑いを禁じられた身でテレビなんか観ないだろうとは思ったが……。さっき配線を確認したけど、やっぱり観てなかったみたいだな」

化野は淡々と自らの仕事を報告する。

昨日、早坂がイベントのため家を出た直後、化野はこの部屋に侵入して細工を施した。スマートフォンの表示時刻も昨日、ショッピングモールの非常階段で話をした際、写真を見る振りをして素早く変更した。

早坂には化野の言葉の意味を理解し、自分の身に起きたことの経緯を把握することが正確にできた。だが、それがなんだというのか。目の前の光景はいつもと変わらない。そして同時に闇に覆われている。何を考えればいいのか、どの方向に気持ちを向ければいいのか、まるで分からなかった。

重たい静寂が部屋を支配する。

テレビ画面には笑顔で手を振る早坂の父親が一時停止状態で映っている。

しばらくすると化野がボストンバッグを持ち、「さあ」と言って立ち上がった。

「帰るとするか。店に戻って返却手続きが済むまでバケモノはこのまま飛び回ってるけど、特に害はないから気にするな。――お前はどうするんだ、巡森」

「私は……」

「帰っていいよ」早坂は言った。「私は大丈夫だから」

「でも」

「ひとりになりたい」

それだけが今、唯一はっきりしていた。

化野はもじゃもじゃの後頭部を掻きながらリビングから出て廊下を進んでいく。その背中に浴びせかけるように早坂は最後の質問をした。

「私、これからどうすればいいですか」

訊いても仕方ないのは分かっていた。利用者の人生に責任を負わない――バケモノを借りたとき化野はそう言っていたし、何よりこの結末を仕組んだ張本人は彼なのだ。ただ早坂は答えを求めずにはいられなかった。渇きの中で水を求めるように。そしてこの状況に対して答えを持ち得る人物は彼以外、いそうになかった。

化野は立ち止まり、少し振り返って「さあな」と小さく呟く。

「それを俺に訊くのは多分間違ってる」

「私は、あなたを恨んでいいんでしょうか」

「それは間違ってねえ」

冷淡や無関心というより、ただ諦めたような口調だった。そして今度こそ化野は去った。

彼らがいなくなったあとの部屋は静かすぎた。

頭上ではバケモノが回っている。

ふと、その外見の変化に早坂は気がついた。出現時と比較して明らかに尾が長くなっているのだ。ほとんど有無を確認できないくらい短かったのが、今では胴体とほぼ同じ長さに伸びている。さらに色も銀に変わり、窓からの西日を受けて輝いている。

早坂はずっと見上げていた。自らの笑顔を奪った残酷なバケモノが、美しい尾の輝きを連れてくるくると飛んでいるのを、空の表情で眺め続けた。

＊

ふたりはアパートの階段を下りていく。

「普通に帰るんですね」

巡森は先を行く化野の蓬髪に声を落とした。「どこでも扉は使わないんですね」

「勝手な名前つけんなよ。アレを使うと早坂の家のトイレに繋がることになる。そんな所から急に俺が出てきたら嫌だろ、休みの日に。だから使わなかった」

「それはまた、お優しいことで」

「俺の半分はバファリンで出来てるからな」

相変わらずの戯言に今は取り合う気が起こらず、巡森は聞き流す。

道路に出ると化野は駅に向かって歩き出した。線路沿いの真っ直ぐな道で、前にも後ろにも、ふたりのほかに歩く人の姿はない。遠くから踏切の警報音が聞こえてくる。

「待ってください」

三歩先を歩く化野を呼び止める。話は店に帰ってからにしようと思っていたが、やはり我慢ができなかった。

「本当に、もう二度と笑えないんですか」

それもまた嘘なのではないか。回りくどい言葉遊びの一種なのではないか。巡森はそんな淡い期待を捨てられずにいた。化野のことだから、あり得ない話ではないと思えた。

「俺が今まで嘘をついたことがあったか」

電車がふたりの横を駆け抜けていく。

「どうして――」

心が棘《とげ》を帯びるのを感じる。「理由を聞かせてほしいです」

「早坂は契約期間を満了したと勘違いして他言無用のルールに背いた」

「勘違いじゃなくて化野さんが騙したんでしょう。それに、そんなこと訊いてるんじゃありません」

自分がこんなにも他人に対して攻撃的になっていることに戸惑いを覚えながら、気持ちが収まらなかった。

反対方向からも電車が来るらしく遠い踏切の警報が倍速になる。京成線特有のカンカンカンカンというせわしない音が街の空に打ち上がっていく。それに合わせたのでもないだろうが化野は足を速め、巡森も小走りになってその背中を追った。

「テレビに映ってたの、冴香ちゃんの家族ですよね。あの映像はなんですか」

「ビデオレター」

「まさか化野さんが撮ってきたんですか」

「かもしれない」

「冴香ちゃんを笑わせるために、ですか。わざわざそんなことをしてまで——」

二本目の電車がやってきて、轟音《ごうおん》とともに視界の端を流れていく。

「お前が怒るのは分かる」

化野は立ち止まる。そして空を見上げた。「ま、だからどうってことでもないが」

「冴香ちゃんがアイドル辞めちゃったら、どうするんですか」

「責任取れって言いたいのか？」

「分かりません」

「あいつは辞めないさ」

「なんでそう言えるんですか」

「あのビデオに収録されてるのは早坂の家族と、あいつが仙台にいた頃に組んでたグループのメンバーだ。でも俺はあいつの故郷で、ほかにも色んなやつと会った。話をした。あいつが通ってた学校の教師とかクラスメイトとか」

「なんのために」

「知るためだ。自分がどんな相手にバケモノを貸すのか」

化野は再び歩き出す。

「確証はない。でもなんとなく分かる。あいつは続ける」

巡森はもう彼の背中を追いかけなかった。

＊

笑わないアイドル――早坂冴香。

この名が世間に浸透するのに、そう時間はかからなかった。

きっかけはインターネットの生配信番組だった。共演者である多数のアイドルに囲まれながら早坂は一切笑顔を見せることなく、バケモノレンタル屋と契約してから笑顔を封印されるまでの顚末《てんまつ》を赤裸々かつ脚色なく話した。するとこれが大いに面白がられ、ネット上で局地的に彼女への関心が高まり、その直後に収録されたテレビの深夜番組が六月下旬に放送されると、さらに多くの人々が彼女に関心を寄せるようになった。

荒唐無稽な出来事を理路整然と、しかも並々ならぬ真実味を持たせて語る謎のアイドルは、「ブッ飛んでる」「でも品がある」という評を伴ってＳＮＳ等を介して若者に広く知られるようになり、はじめはそのキャラクター性ばかりが注目されたが、実は歌唱やダンスなどアイドルとしての基礎能力も同世代の新人と比較して抜群に秀《ひい》でているということが徐々に明らかになるにつれ、漠然とした知名度の上昇だけでなく、熱烈なファンの獲得にも成功していった。

早坂冴香は芸能界を驀進《ばくしん》していた。

「さて」

化野はカウンターに肘を突きながら口元で両手を組み、神妙な顔をする。

「完全に俺の思い描いた通りに事が運んでいるわけだが」

「それホントですか」

巡森は黴を見るような目で化野を見た。

「もんすたぁ♡」の店内で、カウンターに置いたラジオからはベイエフエムのお昼の番組が流れている。パーソナリティーはベテラン声優と、人気急上昇アイドル早坂冴香だ。

「あの四日間で俺がやったことはすべて、この未来を見据えればこそだったわけだよ。恐れ入ったかね、愚森くん」

「そんなの結果論じゃないですか」

久々に入荷したDVDソフトを棚に陳列していた巡森だったが、手を止めて語気を強めた。

「私は納――」

「納得してないんだろ。何度も同じこと言うな。耳のタコから血が出る」

たしかに巡森は、早坂の笑顔が封印されてから何度も同じような文句で化野に詰め寄っていた。それというのも化野が満足に受け答えせず煙《けむ》に巻くせいである。しかし今日だけは少し違い、化野はパイプ椅子の背に凭《もた》れかかって、今度は頭の後ろで手を組みながら早坂のことを話しはじめた。

「あいつは思い通りの笑顔を作れるようになりたいと言って俺の所へやって来た。でも本当の願いは別にあったんだ」

「どういうことですか」

「人を笑顔にしたい。それがあいつの願いの根幹だ」

巡森は唾を飲み込む。

「おためごかしじゃなく、本心からそう思えるのがあいつの才能なんだろう」

「でも、だからって……一生笑えなくなっていいってことにはなりませんよ」

「本当に文句ばかりだなあ」

そう言って化野は大きなあくびをした。

「お前はどうなんだ。はじめに相談を受けたのはお前だろ。あいつを導くことができたか。故郷を離れ、何者にもなれず沈んでいくあいつを掬《すく》い上《あ》げることができたか」

「できませんでしたよ」

巡森は少しも怯まず堂々と言い返す。

「でも化野さんにはできたはずじゃないですか。契約を無事に満了していれば万人の心に届く笑顔を作れるようになってたんでしょう？　冴香ちゃんを人気者にするなら、それでよかったじゃないですか。わざわざ回りくどいやり方で追い詰めて、奪って、傷つける必要がどこにあったんですか」

「ここにある」

「はい？」

「あいつが他人の笑顔を願ってアイドルの高みを目指したように、俺には俺の目的があるのさ」

「どんな目的ですか」

「どんな目的だと思う？」

「なんでここでクイズ形式なんですか。どうせ答える気なんてないくせに」

巡森はＤＶＤソフトの入ったカゴを足元に置いた。「要するに化野さんは他人のことなんかどうでもいいと思ってるんですよ。もういい。見損ないました」

「見損なうな」

「見失いました」「探せ」

「休憩します」「するな」

「します！」

子供のような乱暴さで巡森が言ったとき、ちょうどラジオでベテラン声優がリスナーからのメールを読み上げはじめた。化野が掌を向けて巡森の動作を制し、それを聴くよう促す。

メールはアイドルを目指しているという中学二年生の女子からであり、早坂が時折口にする「自分が笑うよりも人を笑顔にしたい」という言葉に感銘を受けたという内容だった。ちょうどこちらでも触れていた話題だったので巡森は渋い顔をしながら耳を傾けた。

こんなふうに言ってくれるのは嬉《うれ》しいと早坂は喜び、その少女を応援したあと、遠い過去を想うような声で語った。

「私が笑わない理由というのは、既に色んな所でお話ししているのでご存じの方もいらっしゃるかとは思うんですが、笑わないようにしているわけではなくて、笑えないんですね。ある人に笑顔を封印されてしまったわけです。……当時は色々と考えて落ち込んで、その人のことをまあ、ごく控え目に言って恨んだりもしました。夢を諦めなきゃいけないのかな、とも当然考えました。でもかなり深く悩んだ結果、たとえ自分が笑えなくても人を笑顔にしたいっていう結論に至ったんです。それは元々、私の中にあった考えだったんですけど、改めてそれを見つめ直すことができました。そのおかげで私は今こうして皆さんに声をお届けすることができていると思うんです。今ではもう、その人に感謝の気持ちしかありません。売れなくて、どうしようもなくて、もがいていた私に覚悟をくれた。一番苦くて一番効く薬をくれたと思っています」

うーん。なるほどー。声優が相槌を打ち、

「なるほどなあ」

化野も感心したように目を閉じて頷く。

「どうだ、誰も不幸になってないだろ。早坂は現状も過程も肯定的に捉えてる。もちろん俺もそう。そしてこの才能溢《あふ》れるアイドルから日々の活力を得ているファンが大勢いる。不平不満はお前の口からしか出てない」

いくら言われても巡森は釈然としなかった。

「お前の優しさが誰かの救いになることもあるだろう。でも優しさだけじゃ救われないやつもいる。そういうやつのために俺がいる」

化野が脚を組んで余裕を漂わせているのが、なおさら気に入らない。しかしもう返す言葉は浮かばなかった。というより何を言っても無駄だと感じた。

しばらくすると化野は例によって奥に引っ込んでいった。ソフトの陳列を終えた巡森は次に何をするでもなくカゴを持ったまま佇《たたず》む。

化野の言う「目的」とは一体なんなのだろう。なんのためにバケモノを保管し、なんのために貸し出しているのだろう。そもそもバケモノとはなんだろう。どこから来たのだろう。喉が渇く。

早坂が化野と関わったのは、わずか一週間ほどだ。それだけで人生を変えられた。巡森はもう三ヶ月ものあいだほぼ毎日一緒にいる。そしてこれからもそれは続きそうだ。自分が一体何事に巻き込まれているのか、ほとんど理解できていないままに……。

振り返ると店先の路上には強い日光が降り注いでいる。あらゆるものの真下に影が溜《た》まっている。タールのように黒く重そうな影が。ラジオからは相変わらず声がしている。これを消せば裏の雑木林から迫る蟬《せみ》の声を喧《やかま》しく感じるだろう。

世界はこんなにも夏だ。

どうしてだか置いてけぼりにされているような心細さを感じる。

やがてラジオから曲のイントロが流れはじめ、早坂が溌剌とした声で曲紹介をする。

この瞬間にも彼女の顔に笑みがないのだとすれば、どんな表情をしているのだろう。

巡森は電波の向こうに思いを馳《は》せる。だが上手く脳裡に浮かべることができなかった。

「それでは聴いてください。今週発売のニューシングル――」

早坂は言う。

「『本望』」

第三章

ラッキー

駅前の商店街から一本外れた通りにあるラーメン屋「楽鬼《らっきー》」。

ここは創業当初「ラッキー」という店名で営業しており、そのゴキゲンな名に多くの人が吸い寄せられ、真紅の暖簾はひっきりなしに訪れる客の手によって絶えず揺らされており、超絶美味のラーメンに誰もが病みつきになって、次に食する日を心待ちにするあまり夢の中ですらラッキーラーメンを啜った——などというのは大袈裟《おおげさ》、ではなく、店主の澤井《さわい》正吉《まさきち》が創業前に描いた単なる妄想である。

現実にはゴキゲンな名と裏腹に客入りは少なく、真紅の暖簾を揺らすのは木枯らしのみであり、誰も病みつきにならないので澤井が病んだ。創業からわずか四ヶ月にして店主が円形脱毛症になるという、ほとんど最悪と言って差《さ》し支《つか》えない事態に陥った。

当時すでに澤井には身重の妻がいた。このまま店が潰れて借金だけが残れば妻子ともども路頭に迷うことになる。それだけは、なんとしてでも避けなくてはならなかった。容赦ない現実の中で折れそうな心を家族の存在が奮い立たせた。いつまでも凹《へこ》んでなどいられない。腐っている場合じゃない。決然とした澤井はとりあえず頭を丸めた。それからパンと己の頬を張り、気合を入れ、風水に頼ることにした。

信じがたいことに、それで上手く行った。

風水師の指導のもと暖簾を真紅から辛子色に変え、店名を「楽鬼」にすると、たちどころに客足が増えた。味の評判もすこぶる良く、常連がつき、絶えず出入りする客の肩に擦《こす》られた暖簾の辛子色は段々と趣を深めていった。殊更に人気を博したのは改名直前に考案していた辛味ラーメンである。澤井はこれを「楽鬼ラーメン」として店の看板メニューに据えた。

目が回るほどの忙しさが続いたが苦ではなかった。澤井夫婦は身を粉にして働いた。

それから一七年。「楽鬼」では再び閑古鳥が鳴いていた。

栄光の時代は決して短かったわけではない。せっかく得た人気を一過性のものにしてはならぬと、不断の努力によって澤井は客を繋ぎとめてきた。しかしながら三年前、全国的な超有名店が商店街にふたつ続けて出店したことにより俄然、事態は窮迫した。棒磁石の向きを変えたみたいに客足がサッと遠のいた。口さがない街の人々はそろそろ潰れるんじゃないかと噂《うわさ》を立てたが、実際には彼らが思うよりも数倍の切実さで本当に潰れそうだった。意を決し、頼みの綱の風水師に連絡を取ろうと試みるも、二年前に亡くなったと聞いたのが昨日の話である。

厨房に立ちながら澤井は意気消沈していた。

妻はついさっきパン工場のパートに行った。

金曜の夜九時。店内に客はふたりしかいない。

ただ、このふたりがいたことが澤井正吉にとって最後のラッキーだった。

＊

巡森は化野のシャツの裾をギュッと摑んだ。

「なんの真似《まね》だ。甘えてんのか」

「なわけないでしょ。逃がさないようにです」

餃子二人前とライス大盛りがカウンターに並び、巡森は左手で化野を捕まえたまま、あらかじめ割ってあった箸を右手に持つ。

「片手で食べる気かよ。行儀の悪い」

「食い逃げ犯に言われたくありません」

「言うんじゃない。店の中でそれを言うんじゃない」

化野は長い背中を丸めて楽鬼ラーメン・ハーフサイズの麺を啜る。金曜の夜九時、「楽鬼」にはふたり以外の客はいない。巡森は片手のみで器用に食べ進めていく。餃子の残りがひとつとなったときに店の戸が開き、制服姿の男子学生が入ってきた。

「物置の鍵知らない？」

彼は化野のすぐ後ろから厨房に向けて声を投げる。

「表から入るんじゃないよ」と店主が厳しい顔で返した。

「分かった、分かった」

巡森は茶碗《ちゃわん》の縁の米粒を拾い上げるのに集中していて顔を上げなかったが、気安いやり取りから、彼らが親子だとすぐに分かった。

「廊下の俺のジャンパーのポケットの中、探してみろ」

「んー」と息子は返事をして、店から出ていくかと思いきや、なぜか動こうとする気配がなかった。

「あの、ちょっと、離してもらっていいっすか」

「え？」

巡森は振り向く。すると自分の手が彼の制服を摑んでいるのが見えた。「あ？」

慌てて離すと同時に、隣から化野がいなくなっているのに気づく。「れ？」

息子は不思議そうに巡森を見ていた。太くて濃い眉毛に優しそうな細い目など、彼の面立ちは店主とよく似ている。

「あの人、いま出ていきましたよ」

「そんな馬鹿な」

ちゃんと裾を摑んでいたはずだ。とうとう奇術まで弄するようになったかと巡森は立ち上がり、入り口から顔だけを出して通りを見渡したが案の定、化野の姿は見えなかった。

溜息をつきながら椅子に戻る巡森に小さく会釈《えしゃく》をして、息子は店から出ていく。

「すみませんねえ」

店主が苦笑いをした。「営業中は入るなって何度も言ってるんですけど」

「高校生ですか」

「ええ、三年生で。今は予備校から帰ってきたところみたいで」

夏休みなのに制服を着ていたのはそういうことだったのだ。巡森は塾や予備校に通ったことがないので制服で行くのが普通なのか否《いな》か分からないし、一般的にどのくらいの時間までやるものかも知らないが、「こんな時間まで大変ですね」と素直な感想を口にしながら、空いた皿をカウンター越しに店主に渡した。

「あーだこーだ言いながら頑張ってるみたいでね。ああ見えて勉強だけはできるもんですから。でもねえ、気が遠くなりますよ」

巡森が小首をかしげると店主は自嘲的な笑みを浮かべながら「ほら、こんなでしょう」と目だけを動かして店内の閑散ぶりを示した。「何も心配することはねえって息子には言ってますけど、実際不安でね。入るのはいいけど卒業までとなると」

巡森は幾度となくこの店に来ている。ただこんなふうに店主と会話するのは、はじめてだった。いつもはどんなに暇そうでも向こうから話しかけてくることはない。何かあったのだろうか。厨房の調理台を拭く彼の手つきはひどく鈍《のろ》い。

「お連れの人は、いつも先に帰っちゃうね」

彼は気を取り直すように話を変えた。

「勝手な人なんですよ」

「失礼ですが、大学の先輩か何かですか」

「バイト先の店長です」

「へえ。あんなにお若いのに。そりゃあ苦労も多いだろうに」

そう口にした途端、店主の表情はまたシリアスな現実の中に沈んでいく。空の寸胴《ずんどう》に手をかけたまま持ち上げもせず、「誰だって大変なんだ」と呟く。

巡森は何も言うことができなかった。尋常ならざる辛気臭さの中で、彼の愚痴に酔い、彼以上に沈痛な面持ちで俯いた。

＊

　夏休みの終わりが近づくある日、化野と巡森はネットで購入したスチールラックを店の奥の物置部屋で組み立てていた。以前使っていたものは結局あのまま全段崩壊したので処分した。

「化野さんにしては高い買い物しましたね」

「早坂からレンタル料の支払いがあったからな。それに、またどっかの誰かに書類を盗み見られると困るし」

「あれは落ちてきたものを拾おうとしたら偶然にも」

「嘘をつくんじゃない」

「そもそも高い所に置くのをセキュリティだと思ってるのがおかしいんですよ」

　言い合いながらふたりは作業の手を休めなかった。部屋には窓がなく、エアコンはもちろん扇風機すらも置いていないので猛烈に暑い。巡森は軍手をはめた手で首を拭う。Tシャツの襟もとはじっとりと濡れ、髪が額にくっついて気持ち悪かった。

「化野さんってどうやって生活してるんですか」

　棚板を両手で押さえながら巡森は、サッカー日本代表のユニフォーム姿でレンチを回す化野のボンバーヘッドに向けて尋ねた。

「なんだいきなり」

「お店を経営するのって色々と大変なんでしょう？　一番は、お金のこととか。どうしてこんなに売れていないのに『もんすたぁ♡』は潰れないんですか？」

直截的《ちょくせつてき》な質問をしながら巡森は再び汗を拭う。

「んー。ああ」化野は気の抜けた返事をした。「それはまあ、なあ……」

いつもこの調子だ。まったくもって彼からは危機感というものが感じられない。営業中にも平気で寝ているし、売り上げを伸ばすための具体的な取り組みは見る限り皆無。今だって店は開いているのに、ほったらかしにして棚を作っている。いいのだろうかと巡森は思うが「手伝え」と命じられた以上、仕方がない。

化野はレンチの先を床につけて、フンと短く息を吐く。

「そんなに言うなら教えてやらなくもない」

「そんなには言ってないですけど」

「まず、お前がボンクラ従業員だから知らないだけで、俺ひとりでこなしたバケモノレンタルの依頼が四月から今までのあいだに何件かある。出張で貸し出しに行くこともあるしな。あとは、この街にくる以前に別の場所で貸し出して今もまだ継続中のバケモノ――つまり長期契約の料金が毎月支払われてる」

「要するに表の店で稼ぐ気はないってことですか」

「違う。要するにお前がボンクラだってことだ」

「またそうやって隙あらば罵ってくる」

「悔しかったら何か言い返してみろ」

「天パ」

「禁句を口にしやがったな」

「言い返してみろって言うから」

「俺は天然パーマって言われるのは七〇歩譲って許すけどなあ――」

「百歩まで譲ってくださいよ。なに途中で歩き疲れてるんですか」

「天パって略されると悲しいんだよ」

「……それはすみません。まさか悲しまれるとは思わず」

「あとはアレだ」

急に化野は部屋の隅に張られたロープを顎で示した。

「何がですか」

「この店が潰れない理由」

「あっ」――その話まだ続いてたんだ、と巡森は内心で呟きながら、化野が示したロープを眺める。そこには同じ服が何着もかかっている。

「ワイシャツ？」

「違う、そいつ」

　服以外に吊るされているものといえば、果物をモチーフにしたキャラクターのぬいぐるみだけだ。船橋市で誕生し、今では全国に名を馳せたキャラクターである。テレビ番組やCMに多数起用され子供から大人まで幅広い層に支持されており、一部には熱狂的なマニアもいる。もちろん巡森にも馴染み深い存在だ。

「あれはバケモノだ」

　化野は普段通りのトーンで言う。

「うっそだー」と巡森は笑った。それから徐々に口角を下げ、最終的に「嘘ですよね」と頬を引き攣らせた。

　化野は再びレンチでボルトを締める作業に入りながら、早口で説明する。

「お前もよく知ってるそいつは副市長の甥《おい》が幹部を務める、とある零細の外郭団体に俺が貸してるバケモノで、そいつは簡単に言えば『大衆に受け入れられる』能力を持ってる。つまりあらかじめ人気になるよう定められたキャラクターってわけだ。団体がキャラクター運営の事務所として市有地を借り受けて、そこに俺がこの店を建てた。

報酬代わりにな。だから水道光熱費も表向き事務所の管理運営費として処理されてる。もちろんソフトの仕入れとかは別だが――まあ、お前が思うよりこの店の経営は落ち着いてるのさ。それに、俺にとって金儲《かねもう》けはさほど重要じゃない」

「それって、つまり、要するに……………不正ですね！」

「うるせえ」

巡森は吊るされたぬいぐるみに近寄り、手に取って眺めた。化野の話を聞いたあとでは、今までなんとも思っていなかったその両目が途轍《とてつ》もなく怪奇的であることに注目せざるを得ない。可愛さや間抜けさを装いながら、見る者すべてに催眠をかけようとしているみたいな、油断ならない感じがある。まさかこれほど世間に溶け込んだ存在の正体がバケモノとは……。巡森は世界に隠された闇の側面を垣間見《かいまみ》たようで鳥肌が立ち、「このことは忘れよう」と心に決めて作業に戻った。

天板と最下段の支柱への仮留めが終わり、協力して棚本体を起こす。それから中間の棚板を嵌めていく。

「それにしても、なんで急に店の経営のことなんか気になったんだ。発作か？」

「この前、澤井さんからお話を聞くことがあって、それで」

「澤井……。ああ。イボマダラネズミ研究会のか」

「違います」

「だろうな。何しろあの澤井はイボマダラネズミなんか実在しないってことが大問題になって国外逃亡してるから」

「なんですかその話……。私が言ってるのは『楽鬼』のご主人です。お客さんが来なくて大変だって言ってたんですよ。だから化野さんも本当は苦労してるのかなって」

「ほぉーん」

ボルトの本締めをして棚が完成した。ふたりで各段に物を並べ、最後にタイムレコーダーを置いた巡森に向けて、化野は指の骨を鳴らしながら言う。

「珍しく仕事をしたな、巡森」

＊

秋学期がはじまって間もなく、巡森がまた「楽鬼」に餃子を食べに行くと驚くべき光景が待っていた。

なんと店が繁盛していたのだ。

夕方の五時すぎにして客席は八割方埋まっていた。数週間前までガランとして広かった店内が、同じ店とは思えないほど賑《にぎ》わい、湯気やら煙やら、男達の汗の臭いやらが充満して、わずかに息苦しさを覚えるほどだった。これは一体どういうわけか知りたかったが、店主の澤井は目まぐるしく厨房を動き回っていて、とても話せそうにない。巡森が席に着くと、周りにいる男達の誰もが辛そうな楽鬼ラーメンを夢中で食していた。その顔は一様に真剣で闘志めいたものすら漂っており、目の前の一杯以外には何物も見えていないみたいだ。食事を終えた巡森は人口密度の高い店内から逃げるように出て、軒先で「ぷー」と息をついた。「なんだったんだろ」

この時点で巡森が抱いたのは、珍事を目の当たりにした程度の印象である。しかし「楽鬼」の繁盛はその日ばかりの珍事などではなかった。むしろ日を追うごとに盛況の度合いは増していった。

別の日、用あって店の前を通りかかった巡森が目撃したのは行列である。並んでいるのは男ばかりでなく若い女も多数いた。どういうわけか店の周りにはたくさんの猫も集まっていた。これはいよいよ本格的な人気のようだ。これまでのようにふらっと気軽に立ち寄るのは難しくなったな、そう思いながら帰宅し、夕方のテレビ番組で台風情報を確認したあと、そのままぼんやり画面を眺めているとグルメコーナーで「楽鬼」が紹介されていた。テレビの中で澤井の表情は硬く、上手く話せていなかった。

また別の日、化野と喧嘩した際に巡森は「もんすたぁ♡」のカウンター内に座ってこれ見よがしにアルバイトの求人誌を繰っていたのだが、そこにも「楽鬼」の名が載っていた。求人ではなく、地元で話題の店という紹介である。テレビも求人誌も、やはり店の看板である楽鬼ラーメンをクローズアップしていた。

なんだかえらいことになっている。

巡森は部外者ながらそわそわした。

大学でも度々、噂を耳にした。実際に食べた友達は揃ってその味を激賞する。巡森は話題の中心である楽鬼ラーメンを一度も食べたことがないくせに、店の低迷期を知る者として誇らしい心持ちがした。店の経営は好転したわけだから、息子の学費問題にも一筋の光明が射《さ》したと言えるだろう。澤井の憂鬱は解消されたに違いない。

そう信じていた。

＊

マーシャル諸島近海で発生した熱帯低気圧は今年最強の台風に成長して関東を直撃し、大学は休講、巡森は日中ずっと家でゴロゴロ、化野から「休」という簡素至極のメールが来ていたので今日は夕方からのバイトもない。

ようやく風雨が止んだ夜、晩飯の材料を買うため生ぬるい空気の漂う夜道に出た。路上には折れた枝が、まだ緑色の葉が、雑然と撒かれている。見る限りどの家の自転車も横転している。「もんすたぁ♡」の前を通りかかるとネオンサインの光が消えており、店内も薄暗いがレジカウンター付近にのみぼんやりと明かりが見えた。買い物の帰り、様子を見に立ち寄ることにした。

店内に入ってカウンターの方を見ると、江戸時代の町火消しみたいな恰好をした化野が清潔そうな薄い紙を持ち、用心深い手つきで小さなレンズを拭いていた。巡森が近づいていくと、彼は作業を続けながら顔も上げずに言った。

「杏仁豆腐《あんにんどうふ》を床にこぼしたみたいなこの足音……巡森か」

「そんなにびたびた歩いてません」

「何しに来た」

「さすがの化野さんも今日ばかりは出かけられなかったでしょう。お腹空《なか》いてるんじゃないですか？」

巡森はカウンターの書類やドライバーキット、クリーニング液の容器などを押しのけるようにしてスーパーのビニール袋を置いた。

「乱暴にやるな」

「食パンとサバ缶あげます」

「うん」

巡森は食器を取りに奥の物置部屋に向かった。入って右手にはつい先日組み立てたスチールラック、その反対の壁際には幾つかの重たい段ボール箱があり、うちひとつに古びた小抽斗《こひきだし》が載っている。さらにその上には丸皿が一枚置いてあり、薄く埃を被っている。抽斗の一番上を開けると箸とペティナイフとスプーンがケースで仕分けられたりせず、遊び疲れて眠ってしまった子供みたいにバラバラの向きで横たわっている。それらの中から箸だけを拾い上げて、皿も持ち、立ち上がろうとした巡森の目の前に客がいた。小さく鳴いた。

猫である。

巡森は中腰のまま硬直して猫と見つめ合った。驚かせないようにゆっくり動き、部屋から出ると、一定の距離を空けながらついてくる。猫が視界から外れないように横向きで廊下を歩いていると、来るときは気づかなかったが、和室前の式台の上にバスタオルが落ちていた。

「化野さん、猫！」

半開きになった扉から見える背中に呼びかける。「ねこお！」

「追い出せ」

化野は座ったまま振り向いた。

「この子、どうしたんですか」

「勝手に入ってきた。台風だから避難してきたんだろう」

「勝手に？」今年最強の台風の日に店の入り口やトイレの小窓を開放していたとでも言うのだろうか。「このバスタオルは？」

「濡れた身で歩き回られると迷惑だから被せたんだよ。もう雨も止んでるんだろ。外に捨ててこい」

「自分が入れたくせに何言ってんだか」

「あぁ？」

巡森は一旦カウンターに戻ってスーパーの袋から鰹《かつお》の削り節パックを出し、皿の埃を息と袖で除き、「おい何してんだ」という声を無視しながら少量だけ盛って猫の前に出してみた。「俺の皿だぞ」

猫は最初躊躇っていたが、巡森が少し距離を取ると、おもむろに皿に寄ってきて舐《な》め取《と》りはじめた。華奢《きゃしゃ》な身体だ。きっと若い猫だろう。首輪はついていない。

「何歳ですかね」「知るか」

「名前はあるのかな」「知るか」

「これで今日から化野さんも寂しくないですね」

「おい、さっきから何言ってんだ。捨てるのが嫌ならお前が持って帰れ」

「物みたいに言わないでくださいよ」巡森はしゃがみ込み、猫に目線を合わせて「冷たいご主人だねー」と語りかけた。

「ご主人じゃない」

化野は舌打ちをし、スーパーの袋から勝手に食パンを出して齧りついた。

「今日くらい泊めてあげればいいじゃないですか。明日になったらお日様が欲しくなって出ていきますよ」

それに答えず化野はサバ缶も開けて食べ、バナナの皮まで剝《む》きはじめたが、その勝手な行動は了承の証《あかし》と巡森は受け取ってビニール袋を持って店を出た。

すると道の先から自転車が走って来るのが見えた。

街灯の下で擦れ違うより前に澤井だと分かった。別段、急いでいる感じはないが、雨上がりの夜風を味わっているふうでもない。視線は左右に振れず、目的地に向けて最短距離で移動していることは容易に察しがついた。前かごにはビニール袋と小さなスコップを入れている。結局、すぐ近くにいた巡森には一瞥もくれず走り去っていった。そして巡森の方でも、そうするだけの余裕はあったのに声をかけなかった。

澤井の目元には濃厚な疲労の色が染み出ていた。テレビや雑誌にも取り上げられるほどだから営業中はもちろん、それ以外の時間も大変に忙しいのだろう。ただ、それにしても度を越して憔悴《しょうすい》しているように見えた。

巡森は心に嫌な震えを覚える。

今にも倒れるか、ふっと宙に浮かび上がってしまいそうなほど生気が希薄で、にもかかわらずこんな時間に人気のない路地で、散乱した枝葉や水溜《みずたま》りを踏みながら、より人気のない方へ向かっていく彼の姿が、とても不穏に映ったからだ。

*

次の日、学校が終わって一時帰宅する際、「もんすたぁ♡」の大きな窓の内側に猫の姿が見えたので巡森は家で茹《ゆ》でた鶏肉《とりにく》を出勤時に持参して与えた。

「もういないかと思ってましたよ」

「今朝早くに出て行った。で、さっき帰って来やがった」

それを聞いて笑う巡森に化野の睨みが刺さる。

「お前が不用意に餌なんかやるからだろ」

「どうしましょうか」

猫が咀嚼《そしゃく》する様子を眺めながら呟くと、化野は「追い出せ」「持って帰れ」と昨晩と同じ文句で応じた。

「私のアパート、ペット禁止ですもん」

「なんでこの事態を予期してペット可の物件にしておかなかったんだ。この、うっかり者め」

「無茶言わないでくださいよ」

化野は豊かな毛髪に右手を突っ込んでわしゃわしゃと掻き回しながら溜息をつき、「食べるか」仕方なさそうに呟いた。

すぐさま巡森は両腕で猫を庇う。

「ダメですよ絶対。何考えてるんですか」

「お前が何考えてんだ。猫なんか食わねえよ、子供じゃあるまいし。向こうの部屋に羊羹《ようかん》あるから食べたかったら食べろって言ったんだ」

通常なら「子供でも食べません」と返していただろうが、そのあとに来た羊羹という言葉に釣られて巡森は魔法をかけられたように朗らかな顔になり「よーぉかん、よーぉかん」と歌いながら奥の部屋に駆けていって、あり得ないほど素早く見つけ出して戻ってくると、ニコニコしながら丁寧に、ひと棹《さお》を八等分して皿に盛った。

「化野さんもひと切れどうぞ」

「ひと切れしか食べるなってか……。別にいいけど、それ食ったら猫をどうにかしろよ。俺は面倒見ねえからな」

そう悪態をつく化野の蓬髪を、まさか自分の話をしているとは知りもしない猫が興味深そうに見上げている。

巡森は「はいはい」と投げやりな返事をしたあと、均一なペースで羊羹を口に運び続け、食べ終えると猫の写真を撮った。そうしてこの猫を預かっているという旨《むね》の文を添えてプリントし、化野の制止を無視して店の外に貼りだした。近所に探している飼い主がいるかもしれないのでやったことだが、きっと野良《のら》だろうとも思う。

週末も猫は店に来た。ほとんどの時間は外に出て、鳥や虫や蛙を狩っているのか、あるいは別の家で歓待を受けているのか、とにかく姿が見えないが、ふと気がつくと足元にいる。四日、五日経つと次第に店にいる時間が長くなり、三和土《たたき》の感触が肉球に気持ちいいのか、廊下を延々と行きつ戻りつして、それに飽きると和室や窓際で寝ていた。ひとまずこの店に「安全な場所である」と評定を下したらしい。

ギュッと丸まって寝るサバトラ柄の身体を眺めていると、時間が間延びしたような感じがする。雌で、きっと人間に呼ばれるための名をまだ持たない。巡森は首輪を買ってきて猫の首に巻きながら、化野に提案した。

「名前、つけませんか？」

するとそれを聞いた化野は、

「そいつの名はホタルだ」

まるで当初からの確定事項を繰り返すみたいに、面倒くさそうに教えた。

「ホタル」

巡森は猫の顔を見つめ、その響きを口の中で確かめる。とても似合っている気がしたが、よく分からない。化野が猫に名前をつけたことの意外さで頭がチカチカしながら、巡森は「よかったね」と、素知らぬ顔で離れていくホタルに向けて囁《ささや》いた。そして立ち上がったとき、ある疑問が浮かんだ。

「化野さんって下の名前なんていうんですか？」

「同じ質問をしたやつが過去に三九〇人いた」

そう言って化野は急に声を冷たくする。「そいつらが、どうなったか……」

「どう……なったんですか」

「何人かは病気に罹《かか》り、何人かは事故に遭った。ほかにもたくさんのやつが色々な困難や災いに晒された。でも皆なんとかしてそれを乗り越え、あるいは今もまだ乗り越えようと頑張って生きてる。何事もなく平穏に暮らしてるやつもいっぱいいる」

「ただの人生じゃないですか」

「なんだその乱暴なフレーズは」

「化野さんって肝心なことは何も教えてくれませんね」

「つまり俺の教えなかった事柄が肝心ってことだ。俺の言葉が肝心な事柄の輪郭を浮かび上がらせているとも言える。その意味で俺は肝心なことを語っている」

「一度でいいから自分の発言を録音して聞いてみてください。驚くほど中身ないから」

「それにな——」

「あと私の話ちょっとは聞いてください」

「俺の名前なんて肝心じゃない」

どうだっていいことだ——そう話す化野を、窓辺から、首輪をつけたホタルの丸い瞳が映していた。

その奥に宇宙の闇が広がっているのがありありと分かるような底深い青空の日、巡森は大学で友達からある映像を見せられた。

＊

「翠、これ知ってる？」

そう言って彼女が見せたスマートフォンにはSNSアプリの画面が表示されており、その中から彼女はある動画を選んで再生した。

映っているのは夜の公園のようだった。灌木に照明灯の光が落ち、あちこちで羽虫が飛び交うのが見える。ひとりの男が画面の奥で腰を屈めている。撮影者のやや荒い息遣いは、笑いを堪えているようにも聞こえた。

カメラが徐々に近づくと、男がスコップとビニール袋を手にして灌木の根元から何かを拾い集めているのが、薄暗い中で辛《かろ》うじて分かった。男は撮影者の存在に気がついていない様子だ。最後に彼は背を向けたまま、大きく伸びをして、喉に何か詰まったみたいな音を発した。どうやら笑っているらしい。その声は闇の中で、妙に高らかであり、渇き、不気味だった。

動画には説明が添えられている。「大学近くのラーメン屋『楽鬼』のオヤジ、夜の公園で猫糞集めに夢中」という簡潔な内容だ。撮影者のアカウントはこの大学に通う男のものだという。投稿日は四日前となっており、動画の下にある数字は、この投稿がある程度SNS上に広まっていることを意味していた。

「なんなの、これ……」巡森は眉間に深い皺を寄せた。

それから数日のあいだに、この投稿は次々に脚色、誇張、改変され最終的に「楽鬼ラーメンには猫糞が入っている」という馬鹿げた噂になって街を駆け巡った。

無根拠かつ無責任な噂が広まるに伴い、当然だが撮影者に対する批判もSNS上で噴出した。件《くだん》の動画では映っている人物が誰なのか、何をしているのかはっきり確認できないのに、それを断定し、あまつさえ店名まで書いている。そもそも許可なく他人を撮影してアップロードすること自体も非難されていた。

多くの倫理的メッセージが撮影者に矢となって集まる一方、むしろそれにより「楽鬼」の痛手もまた深刻化していった。動画及び説明コメントの真偽が明らかにならないまま、この件について議論する際には必ず「楽鬼」という名が使われるのだ。店にとって、これが何よりも迷惑だった。

そして巡森も幾度か目にしているが、楽鬼ラーメンの人気が飛躍的に高まったのとほぼ同時期から、店の周りには夥《おびただ》しい数の猫が集まるようになっていた。この事実をもって投稿に一脈の信憑性《しんぴょうせい》があるのではと勘繰る者もいた。ただしそれは少数派であり、ほとんどの人が「ラーメンに猫の糞《ふん》が入っている」などという噂を本気で信じてはいなかった。にもかかわらず現実に「楽鬼」からは次第に客足が遠のいていった。誰もが噂を馬鹿馬鹿しいと思いながら、万が一にも猫の糞など食いたくないと考えたためだ。もし本当に公園で猫糞を拾っていたのだとしても何か正当な理由があったに違いなく、ラーメンに入れるなどというのは悪意ある与太話に決まっているが、とはいえ真夜中の公園で何かを拾っていたことは事実であり、充分に怪しい行動で、動画に映っているのが「楽鬼」の店主だという証拠はなくとも、そうでないという証拠もまた存在しない……。興味深いことに、撮影者に批判を浴びせる者達が真っ先に「楽鬼」へ行くのをやめていた。

店の人気は目に見える早さで衰えていった。これは何も噂のせいばかりではない。この頃の澤井は一見して病人と見紛《みまが》うほど疲弊していた。調理の手際は明らかに以前より劣り、料理の提供は遅れ、噂など意に介さぬ大人達も徐々に離れていった。

そうしてついに、かつての「楽鬼」に戻ってしまった。

巡森は久々に店を訪れた。

餃子が食べたいのと、澤井が心配なのと半分ずつの気持ちだった。

しかし夜の九時に店の前に着いたとき、暖簾はすでに仕舞われていた。戸を叩《たた》いてから開けると、レジの横に座った澤井が「もう閉めちゃったよ」と瓶ビールをグラスに注《つ》ぎながら言う。営業時間は一〇時までのはずだ。いつも澤井が厨房で被っている白の和帽子が、ビール瓶の隣でくしゃくしゃになっている。

巡森は、あの動画の真相について勇気を出して訊いてみた。

だが澤井は少しのあいだ巡森の顔をじっと見たあとで、答えを言わなかった。迷った末にやめたのが、はっきりと伝わってきた。

巡森が一歩、澤井の方へ近づこうとすると、彼は椅子から大儀そうに立ち上がる。たったそれだけの行動のために一〇歳かそれ以上、老《ふ》けてしまったように見えた。澤井は静かに背を向ける。彼の後頭部には円く小さな禿《はげ》があった。それを見た瞬間、巡森は胸が締めつけられるような切なさを覚えた。

「知っているから、来ないんだと思ってましたよ」

背を向けたまま、彼は最後にそう言った。

*

次の日曜日、化野がどこか遠出をするというので店は休みになった。巡森は朝から自分の部屋を掃除し、夕方になると合鍵を使って「もんすたぁ♡」に入り、ホタルの餌を以前、化野が使っていた丸皿に盛りつけて置いておいた。それからリップクリームを買いに駅前の薬局へ向かったのだが、その途中の信号待ちで横からグッと肩を掴まれた。

「やっと見つけた」

巡森はびっくりして自転車ごと横に倒れそうになった。それに構わず相手は言う。

「なんで父ちゃんに、あんなもの渡したんですか」

余裕のない表情で問い詰めてくる相手に巡森は見覚えがあった。「楽鬼」の息子だ。

しかし彼の言っていることが分からず、ひとまず自転車を降りて道の端に寄った。

「どうしたの？」

「あの気持ち悪い木、あんた達が持ってきたんでしょう」

木、とは……？

話の全体も部分も把握できず、巡森は正直にそう伝えた。

「知らないってことですか」

「私は……」知らない――そう切り離してしまうことに、ふと躊躇いを覚える。なぜなら巡森はこの時点でもう、あとに続く流れを予期しはじめていたから。

口籠もっていると、「じゃあ、いいですよ」と彼は苛立《いらだ》たしげに息をついた。

「あんた、あの男の人の知り合いですよね。あいつは今どこにいますか。どこに行けば会えますか」

「ねえ、待って。何があったのか説明して」

「知らないんだったら――」

「聞けば分かるから。味方になれるから」巡森は強く言ったあとで「多分」と加えた。

「あんたは、あいつの、仲間ですか」

「長い付き合いじゃないけどね。だからあなたの話を聞いてもきっと驚かない。私も同じようなもの、見たから」

信号待ちのミニバンの運転手が、向かい合って真剣に話すふたりを好奇の眼で見ている。澤井の息子は躊躇いがちに語りだした。

――その夜、厨房から漂白剤を取ってくるよう母親に頼まれた彼は、ソファで寝ている父を横目に、店舗である一階に下りていった。店は暗く、彼は厨房の明かりだけを点けた。すると調理台の下の戸棚から細長いものが伸びているのが見えた。近づいてみると植物の枝のようで、戸の隙間から一本だけ飛び出ている。不審に思って戸を開けると、葉のついていない幾本もの枝木が棚の中で窮屈そうに反れていた。それらはすべて奥に置いてあるひとつの鉢から伸びたものだった。彼が手元に鉢を引き寄せると、枝先がステンレスを引っ掻いてカリカリと鳴ったが、折れることはなかった。そして幹となる部分を目にした瞬間、彼は短い悲鳴を上げた。

「口がついてたんですよ！　木に！　歯も！」

そこまで聞くと巡森は事のあらましに確信を得た。思わず漏れそうになる溜息を呑み、重く垂れそうになる頭を片手で支えた。

「父ちゃんに訊いたって何も教えてくれないし、でも母ちゃんにあんなもの見せるわけにはいかないと思って――」

彼の頭には、その時の混乱がまだ尾を引いているようだった。

「何日か前にやっと白状したんすよ、たまに店に来る、あの男の人に貰ったたって」

それで化野と一緒に店に来ていた巡森を見かけ、捕まえたのだ。

「どうにかしてくださいよ、マジで。父ちゃんも詳しいことは全然話さないし、そのくせあの木には近づくなって……、もう完全に頭おかしくなっちゃってるから、俺もうどうしたらいいか」

彼の声を震わせているのは化野への怒りだけでなく父親への苛立ちもあるのだろう

が、父親を守りたいという気持ちもまた、その態度からは伝わってくる。巡森は彼のことが可哀想《かわいそう》で気の毒で仕方なかった。高校三年生ならばスマートフォンを所持しているだろう。本人が持っていなくても周りの誰かがあの動画を発見する。きっと色々なことを言われたはずだ。彼は自分自身と家族の尊厳を回復するために、この数日間、学校や予備校の行き帰りに化野と巡森のことをずっと探していたに違いない。

「大丈夫。安心して」

巡森は言った。「必ず私がなんとかする」

「ホントですか。あなた、あの木みたいなやつが何か分かるんですか？」

「分かるよ。任せて。——でもこれだけは約束してほしい。あの背の高い、もじゃもじゃ頭の男の人のことは探さないで。あの人に関わっちゃ駄目」

息子は少し迷ったあと曖昧に頷いた。

しかしまだ巡森のことを完全には信用できないらしく、名前と連絡先を訊きスマートフォンに登録すると、確認のために一度電話をかけた。

今から予備校に行くのかと巡森が尋ねると、そうだと答える。

「私はお父さんに会いに行くよ」

「本当に、なんとかなりますか？」

最後まで彼は心配そうな顔をしていた。

自転車に乗った彼の背中が遠ざかり、角を曲がって見えなくなると、巡森はゆっくりと丁寧な瞬《まばた》きをしてから「さあ」と気合いを込めてペダルを踏み込み、「楽鬼」を目指した。

＊

午後三時という中途半端な時間もあってか店に客の姿はなかった。

「いらっしゃい。昨日は、ごめんなさいね」

澤井は力のない微笑みで迎えた。いえ、と巡森は席に着く。そして料理の注文はせずに「最初にひとつ、お尋ねしておきたいんですけど――」と切り出す。

「化野さんから何か口止めされていることはありますか？」

早坂の一件を経験している巡森としては一応それを確認しないわけにはいかなかった。澤井は怪訝そうな顔で「いいえ」と応じる。

「じゃあ続いて質問します。澤井さんは、どんなバケモノを借りたんですか」

肝心の四文字を強調的に発すると、澤井は明らかな反応を示した。見開いた目に警戒を宿らせ、石のように固まって巡森を見返す。吸い込んだ息を驚くほど長く止めてから吐き出すと、それで応急的に落ち着きを取り戻したらしく「なあんだ」と眦を緩めた。しかしまだ頰は強張っている。

「知ってるんじゃないですか」

「いいえ、この前までは本当に何も知らなかったし、今だって分からないことばかりなんです。このひと月半のあいだに、澤井さんに何があったのか」

「あなたは化野さんのところで働いてるんでしょう?」

「あの人は肝心なことを教えてはくれませんから」

巡森は真剣な顔でカウンターに両手を置いた。

「お願いします。話してください。お役に立ちたいんです」

澤井は観念したように視線を落とし、ゆっくりと語りはじめる。

＊

ひと月半前の夜。

ちょうど澤井が暖簾を外そうとしたところに化野はやってきた。

彼はボストンバッグを足元に置くと、いつも通り楽鬼ラーメン・ハーフサイズを注文し、食べ終えると同時に、

「店を畳むつもりなんだろう」

天気の話をするような気安さで言った。

そしてとても信じ難いような、バケモノレンタルの件を提示したのだった。

「そのバケモノの分泌液は人間の味覚を隈《くま》なく刺激する。一度味わえば絶対に忘れることはできない」

「冗談でしょう」

澤井はそう受け流そうとした。だが化野の話し方は人を冷やかすような感じではなかった。

「断言するが、このまま指を咥《くわ》えて待っていても、今後この店が流行《はや》ることはない。──今を変えたいと思わないのか」

喪服姿の彼は片肘を背凭れに置いて反対の手をカウンターの上に伸ばし、非常に気怠そうな姿勢だが声には芯が通っている。そして両目はやや伏せられたまま静かに、澤井の勇気ある決断を待っている。

澤井の中で不意に化野の姿が、かつて自分を救った風水師と重なった。たしか彼女

もこんなふうに、冴えた目を伏せたまま話していたのだ。

「お金は――」と澤井の唇が開いた。「いくらお支払いすれば……」

「売上の四パーセント。レンタル期間は二ヶ月。その後も互いに解約の意志がなければ二ヶ月毎《ごと》に更新する。もしバケモノの話が嘘で、結果的にあんたが店を畳むようなことになったらレンタル料は最低限で済むことになる。俺は利用者の人生に責任を負わないが、この形ならあんたも信用しやすいだろう」

「ハッハッハ」

澤井は困惑して仕方なく笑い声を発した。「ちょっと、頭がついていかねえや」

「やってみれば分かるさ」

化野はボストンバッグから契約書を取り出して澤井に提示する。澤井がそれを熟読するあいだにノートパソコンを開き、カードリーダーやバーコードリーダーを用意し、最後にＤＶＤと会員カードを取り出して手元に置いた。

澤井は眉間のみならず顔中に深い皺を作り、書面の文字をひと粒ずつ拾い上げて検《あらた》めた。本当に「バケモノ」という言葉がある。……こんな話を信じていいのか、詐欺じゃないのか、レンタル料がこの程度なんてのがまず怪しい、あとからアレコレ買わせるか、難癖つけて金を巻き上げる算段じゃないか、しかし詐欺師の拵《こしら》えた話にしては荒唐無稽すぎやしないか、いや待て、世の中には霊感商法なんてものもある、そうか分かった、こいつは昔うちが風水師の先生に助けてもらったって話をどこからか聞きつけて、困ったときには藁にだって霞《かすみ》にだって縋る間抜けと踏んで、こんな話を持ちかけてきやがったんだ、そうに違いない、ふざけんな、と一通り考えてから澤井は契約書に署名した。

自分が情けなかった。

化野の話を聞いているうちから、すでに借りる気になっていたのに、あとになって後悔したくないという気持ちから頭の中で精一杯、疑う振りをしたのだ。強く握っていたせいで皺の寄った契約書を返す際、何年かぶりに手が震えた。

化野は会員カードとディスクのバーコードを読み取ると、ポータブルＤＶＤプレーヤーも併せて澤井に手渡した。指示されるままに澤井はプレーヤーの電源を入れて、ＤＶＤを挿入する。

その直後、ゴンと後ろから重い音がして、振り向くとシンクの内に木の植えられた鉢があった。鉢は片手に載せることが可能な大きさでありながら、そこから生える幹は澤井の前腕ほどの太さがあり、しかし背は低く、広がった枝の先まですっかりシンクの内側に収まっていて、外観は箒立ちの盆栽に近い。まさかこれがバケモノとは思わず澤井は「なんだ？」と持ち上げようとして、幹に生物の口がついているのを発見し、太い叫びを上げながら鉢を取り落とした。

「優しく扱ってくれ」

化野が言うが、鉢は割れず、それどころか倒れもしていなかった。口が澤井に向かって、もの欲しそうにぽっかりと開いていた。唇はないが、剝き出しの歯は人の子の乳歯に似ている。これがバケモノだと澤井は理解し、同時に後悔した。こんな気色の悪いものとは関わりたくなかった。

そんな澤井の嫌悪感をよそに化野はバケモノについての解説をはじめる。

「今から話すことは契約書に記載されてない使用上の注意だから、よく聞いてくれ」

そうして職業的な口調で並べ立てられる「使用上の注意」を、澤井はなんとか頭に仕舞い込んだ。

——大事なのはバケモノに「猫の糞」を与えること。

——それにより無上の旨味《うまみ》が詰まったソースが分泌されるということ。

澤井はバケモノを戸棚に仕舞い、早速その日から猫糞収集活動を開始した。

手始めに近所の公園を回って糞を拾うと、店に帰り、そのうちひとつをスコップでバケモノの口に流し込んだ。少し待つと枝先から滴が垂れてきたので、慌てて小皿で受けた。ひと舐めしたい欲が湧くが、「決して原液のまま舐めてはならない」と化野に説明を受けていたので、言われた通り、どんぶりに一滴だけ垂らし、ラーメンスープを注いで飲んでみた。すると今まで自分が作ったものの中で抜群の不味《まず》さが口中を支配した。

澤井にはこのことの原因に心当たりがあった。拾っているときから薄々、こうなるのではと憂慮していたのだ。つまりこれは犬の糞というわけだ。

今度はもう少し細いもので試すと、当たりだった。極めて美味い。何も入れないのとは味覚の満足度が二段も三段も違う。澤井は拾ってきた糞をひとつずつバケモノに与え、味見をして、当たりのソースだけをタッパーに保管した。面倒だが、原液のまま舐めると「美味すぎて昇天する」と警告されていたので、この手間を省くわけにはいかなかった。

翌日、自転車で回れる範囲にあるすべての公園に「犬の糞　お断り　大迷惑」という看板を勝手に設置し、すでにそういった看板がある場合には増設した。さらに店の周りに出没する猫達に対しては積極的な餌づけを開始し、長年使っていなかったせいで固くなった駐車場脇の花壇の土を、猫が糞をしたくなるように掘り返して柔らかくした。

タッパーにある程度の量が溜まり、何度も試食して体調に悪影響がないと判断した澤井はついに、この化学《ばけがく》調味料入り楽鬼ラーメンを店で出しはじめた。

店は繁盛した。

厨房からカウンター席を見ると、夢中でラーメンを啜る客達の頭が並び、テーブル席では学生達が漫画雑誌を読みながら料理を待っている。一七年ぶりの景色だった。長いあいだ厨房で汗をかくことすらしていなかった澤井は嬉しくて仕方なかった。

ただひとつ分からないのは、バケモノのソースを餃子や炒飯《チャーハン》に垂らしてみても味が良くならないことだ。無上の旨味が詰まっているのなら、どんな料理に使ってもいいのが道理だが、なぜかソースの恩恵を受けられるのは楽鬼ラーメンだけで、それ以外の料理に入れるとむしろ味が落ちた。

とはいえ客のほとんどが楽鬼ラーメンを頼む現状において、それはさしたる問題とはならない。店は常時満席となり、やがて行列ができた。

店の営業と仕込みだけでも大変な忙しさになった。しかし猫糞集めをやめるわけにはいかない。味を戻せば、せっかく得た人気はすぐに水の泡となるに違いない。澤井にはそれが何より恐ろしいのだった。

人が人を呼び、噂が噂を呼ぶ。売れれば売れるほど大量のソースが必要になる。澤井にはほとんど眠る暇がなかった。あまつさえバケモノは日を追うにつれて燃費が悪くなっていった。同じ量の糞を与えても、分泌されるソースが以前より少ないのだ。

やがてテレビや雑誌の取材まで来るようになった。取材者のアドリブで味の秘訣《ひけつ》などを訊かれると澤井は返答に窮した。ソースを一滴入れる以外は従来通り作っているのだから、いくらでも答えようはあるのに、正直な澤井は疾《やま》しさが前面に出てしどろもどろになってしまう。疲れるばかりである。それでもメディアの力は絶大であり、行列はいよいよ長くなり、猫糞不足問題も深刻さの度合いを増した。

ついに身分を偽ってペットショップから糞を貰うことまでした。同じやり口で動物愛護センターにも連絡したがそちらは断られた。

体重が九キロ落ちた。妻は澤井の過労を案じ、店の手伝いをしたいがパートをすぐに辞めるわけにはいかず、何より澤井本人が助太刀《すけだち》無用の構えを崩さなかった。厨房に入られたくなかったからだ。しかし本人の自覚とは別に澤井の身心は限界に達していた。起きているのか眠っているのかも分からないほど意識が朦朧《もうろう》とし、枕に頭を沈めたと思った矢先にスコップを持って公園に立っていた。ハッと気がついた澤井は笑ってしまった。無意識のうちに行えるほどにまで身体が糞拾いを覚えているのだと思うとおかしかったのだ。そうして夢現《ゆめうつつ》の境で乾いた笑いを放つ澤井が背後の撮影者に気づくことは、ほとんど不可能だったと言える。しばらくして客足が遠ざかりはじめても、これは疲労から来る調理の不手際、会計ミス、接客の不備が原因だと考えた。最初に動画のことを彼に教えたのは客の大学生だった。赤いジャージを着て、首にヘッドフォンをかけ、坊主頭で、いかにも賢そうな顔だが同時に物凄く変わり者でもありそうなその学生は、そろそろ閉店という時間に「これ、あなたですか？」と、あっけらかんとした調子で澤井に動画を見せてきた。

はじめは不明瞭だった。しかしそこに映っているのが自分だと分かった途端、血が逆流するような恐怖が来て、視界が白く狭まりながら酩酊時《めいていじ》に似た揺れ方をした。

「猫のウンコ入れてるんですか？」

無礼極まる問いを投げながら学生は、疑惑の対象であるラーメンを豪快に啜った。

「そんなはずないじゃないですか」と澤井は答え、じゃあ何をやっていたんですか、と続いて問われると気まずい顔で口籠もってしまった。自分ではないと白を切ることすら、彼は咄嗟には思いつけない。

息子がスマートフォンを片手に澤井の前に立ったのは、もうすっかり客足が遠のいてからのことだ。彼の神妙な面持ちから、恐れていた時が来たのだと澤井はすぐに分かった。

「ヘンな動画見つけたんだけど」

澤井は調理台に両手を突いた。そうしなければ膝から崩れ落ちそうだった。

「ねえ、これ父ちゃんじゃないよね」

不安そうな顔をしている息子が可哀想で、申し訳なくて、ただその罪悪感のみによって涙がこぼれそうだった。

「そんなわけねえだろうが！」

怒鳴りつけて息子を店から追い出した。そうしていつもより早く暖簾を仕舞った。白い和帽子を乱暴に頭からどけ、カウンターで瓶ビールを開けたところに、巡森が訪ねてきた。

＊

「本当に情けない話で、お恥ずかしいですよ。息子にまで気苦労かけるなんて。でもこれで諦めがつきました。もともと私には料理も商売も才能がなくて、はじめてすぐに潰れるはずだったのが、ただのラッキーで今までやってきたようなもんですから」

澤井はくたびれた笑顔を見せる。

巡森はグラスに冷水を注ぎ、餃子を注文した。食べるあいだはずっと無言で、換気扇の音だけが店内の空気を震わせていた。

「やっぱり美味《おい》しい。美味しいですよ、この餃子」

最後のひとくちを嚥下《えんげ》すると、真っ直ぐに澤井を見て言った。

「この餃子はラッキーでできたわけじゃないでしょう。でも、もしただのラッキーだったとしても、別に悪くないと思います。終わらなければ本物ですよ」

諦めるのはまだ早いと、最後にそう伝えて巡森は店を出る。

すぐに化野に電話したが、やはりと言うべきか繋がらなかった。だがそれで良かった。端《はな》から化野に頼るつもりはないのだ。電話したのは、むしろ繋がらないことを確かめたい思いからだった。

そこからの巡森の行動は常軌を逸していた。

「楽鬼」を救済したい一心で易々《やすやす》と奇行の領域へ足を踏み入れた。

手始めに変装である。金髪のウィッグを被り、サングラスをかけて正体を隠した。

そして件の動画の撮影者を手厳しく非難していた人物達のSNSアカウントをネット上から探し出し、顔写真を見つけると、それを頼りに街中で次々に接触を試みた。それ以外にも多くの大学生や高校生に声をかけたが巡森の話す内容はいつも同じだった。

――近々猫糞パンの店を出す予定で、ラーメン屋の店主を脅して材料集めをやらせていたが急に辞めたいと言い出したから、代わりにやってもらえないか。

こんな狂気的なことを切迫した顔で喋って回った。彼女がなぜか安物のウィッグを被っていることも、相手からすればある種の狂気の裏付けのように映ったに違いない。警察が出てきてもおかしくない事案であり、時代が時代なら都市伝説化して新種妖怪として全国に名を馳せたかもしれないが、実際にはそこまではならず、噂はひとつの街の内に留まった。

「謎の女が猫糞パンのばら撒きを画策」

そんな噂が光速で街を駆け巡った。

巡森はこれに信憑性を持たせるため実際に猫糞収集をはじめた。澤井とは違って太陽のあるうちに行動することで、道行く高校生による写真や動画の撮影を誘った。それらの画像及び動画が数多く出回るのに伴い、いつしか「楽鬼」の悪評は上書きされていった――。

茜色《あかねいろ》の空の端に浮かぶ雲から無音の雨粒が舞い落ちる。スコップとビニール袋を携えた巡森が公園の東屋《あずまや》で雨宿りをしていると、背後から「よう」と声がかかった。

「よく後ろ姿で私って分かりましたね、化野さん。この変装、ダメですか？」

「いや、正直お前だったのは驚きだ」

会うのは五日ぶりだった。

「誰だと思って声かけたんですか」

「公園の入り口にバナナの皮が落ちてたから近くに巡森がいるのは分かってたけどな」

「異議あり」

「にしても、暑いな」

喪服のジャケットを片腕にかけた化野はそう言いながら、荒い手つきでネクタイを緩める。それから巡森の手にあるスコップとビニール袋を順番に見て、袋の中身が糞だと分かると顔を顰《しか》めた。

「人の趣味に口出しするのは野暮の骨頂だから本当は言いたくないが……頭、おかしいのか？」

「趣味じゃないですよ」

「金髪のヅラ被ってサングラスかけてバナナ食いながらウンコ集めるのを義務でやってるって言われてもそっちの方が困るぜ。頼むから趣味であってくれ」

「バナナ食べてないって」

「早く説明しろ。お前何やってんだ」

「澤井さんに聞きました。バケモノ、貸したそうですね」

巡森はこれまでの経緯をかなり大雑把になぞって化野に聞かせた。自分が今、こんなことをしている理由も。

「化野さんが利用者の人生に責任を負わないなら、代わりに私が少しでも――って思ったんです。それが私の仕事だって」

それを聞いた化野はどこか納得行かぬげに、顎に手を添えて曖昧な面持ちになったが結局「まあいい」と呟いた。

「俺は今から『楽鬼』に行く。今日が返却期限だからな。お前はどうする」

「お供します」

巡森はサングラスを外す。「もちろんします」

＊

ふたりは連れ立って「楽鬼」へ向かった。

店に入ると、澤井が化野の姿を一瞥してハッと息を呑むのが聞こえた。客がひとりだけいて、その会社員風の青年が出ていくのを待ってから化野は「返却期限だぜ、澤井さん」と告げる。

「お待ちしておりました」

「色々と苦労したみたいだな」

「はあ。何しろ猫の糞というのは、集めるのが案外簡単でなくて」

「そのことだが、何か勘違いがあるな」

「どういうことですか」と金髪の巡森が訊く。

「あのバケモノは与えるものに応じて分泌するソースが変わる。最高に美味いソースを分泌させるために必要なのは猫の糞じゃない。猫の毛だ」

「え？」

「俺はちゃんと話したはずだぜ。猫の毛、あるいはテングザルの糞、でなければカニミソを与えろって」

澤井は唖然としている。

猫の毛、テングザルの糞……。それが彼の頭の中で混ざり、猫の糞となってしまった、とでもいうのだろうか。そんな頓珍漢なことがあっていいのか。巡森は文字通り開いた口が塞がらなかった。猫の毛なら、よほど容易に入手できたはずだ。澤井はただ自らの勘違いによって苦境に陥ったことになる。

煮え返った湯を飲んだかの如く澤井は苦しげに顔を歪めた。額が赤く染まっているのは悔しさからか、それとも己の間抜けさを恥じているのか。

「そんな馬鹿なこと、ないでしょうよ」

澤井は辛うじて言葉を発する。化野は無言のまま首を横に振る。

「でもラーメンは実際、美味しくなったんですよね」

巡森は彼らふたりを交互に見て言った。「それならやっぱり間違ってなかったってことじゃないですか」

化野は何度も細かく頷きながら戸を開けて、軒先の暖簾を外し、カウンターに置いた。そうして「邪魔するぜ」と厨房に入っていく。「バケモノはどこだ」

澤井は厨房の隅に視線を送る。そこに置かれた物体をブルーシートが覆っている。杜撰《ずさん》な隠され方だ。化野が覆いを剝ぎ取ると、無数の枯れ枝を伸ばす木が現れた。

「大きい……」

遅れて厨房に入り、バケモノを直視した巡森の口から思わず声が漏れる。澤井の話では、レンタル当初はシンクの内に収まるサイズだったはずだ。それが今では床に置かれた小さな鉢から化野の腰の高さまで枝が達している。

「思った以上だな」

化野は屈んでバケモノを仔細《しさい》に眺めながら呟く。その声にはどこか満足げな響きが含まれていた。

「材料はあるか」

化野が言うので巡森は慌ててビニール袋を開けようとしたが、澤井に手で制された。彼は冷蔵庫に保存してあったソースを化野に差し出す。化野はタッパーを開けると、それに直接口をつけた。

「おい!」

澤井が声を上げる。それで巡森も思い出した。ソースは美味すぎて、原液のまま飲むと昇天するのだ。しかし澤井にそう警告した本人の化野は、親指の腹で唇を拭いながらまるで平然としている。

「これは違うな。舐めてみろ」

化野がタッパーを突き出す。澤井は恐ろしそうに指でソースを掬い取って舐め、巡森も同じように味見した。

「あっ、これって……!」

舌に覚えのあるスッキリとした甘さ。この味は──、「なんだっけ？」

「……福神漬け」

澤井がボソッとこぼし、化野は頷く。

「この甘みが楽鬼ラーメンの辛さに奇跡的にマッチしたってことだろう」

化野はタッパーをシンクの中に置き、澤井の困惑をよそにさっさと話をまとめる。

「つまり今後は福神漬けをラーメンに盛るか客席に常備すればいい。バケモノはもう必要ないな。プレーヤーはどこにある」

澤井は吊戸棚《つりとだな》からポータブルDVDプレーヤーを出して化野に渡すが、そのあいだも夢から覚めたばかりのように全身が弛緩《しかん》していた。

プレーヤーからディスクが抜き取られるとバケモノは跡形もなく消え、役割を失った皺くちゃのブルーシートだけが床に残された。

「料金の支払いについては追って連絡する」

「あの……」

澤井はぐらぐらと揺れるような目をして、化野に一歩近づいた。

「私は、この店を続けるべきでしょうか」

「その問いには答えかねる」

化野は丁寧な手つきでディスクをケースに仕舞う。

「ただ、ついこのあいだまで好評だった楽鬼ラーメンの味を猫糞なしで再現する方法が分かったわけだから充分にチャンスはある——っていう考え方もあり得なくはない。多分な」続けて化野は「それに——」と言い、傍らにいた巡森の眉間を指で突いた。

「痛ッ」

「実はここ数日間、うちのバイトがこの店の悪評を払うため働いたんだ。そしてそれはおおむね成功したはず」

半ば決めつけるような言い方だ。

「本当ですか」澤井は丸くした目を巡森に向ける。「どうして、そんなことまで——」

「えっと。どうして……でしょう」

上手く説明できる気がせずに巡森は目を伏せた。すると化野が「俺の指示さ」と当たり前のように口を挟み、否定しようとする巡森にプレーヤーを押しつけて厨房を出ると、カウンターに載せていた暖簾を持った。

「続ける意味はきっとある。やめる理由がそれ以上に重いなら、やめればいい」

まったくもって無責任な調子でそう話し、暖簾をかけると最後に、

「また来るぜ」

とだけ言って振り向かず、声をかける隙も与えず、彼は去っていく。

*

「もんすたぁ♡」に帰ってきた巡森はホタルと遊びながら、化野にあることを尋ねた。

それは「楽鬼」にいたときからずっと心に引っかかっていたことだ。

「澤井さんにバケモノを貸すとき、本当に『猫の毛』って教えました？」

化野はたしかにそう伝えた、澤井の勘違いだと主張していたが、その話を聞いたときから巡森は内心にもやもやを抱いていた。時間が経って冷静に考えてみると尚更、「いくらなんでも」という印象が強まる。バケモノレンタルなどという不条理に手を染めるのは澤井にとって一世一代の博打《ばくち》に違いなく、どこまでも用心深くなるのが本来あるべき姿勢のはずだ。それが猫の毛とテングザルの糞がこんがらがって猫の糞になるなんて、迂闊《うかつ》といっても度が過ぎていないか。

「お前にしては鋭いな」

化野はマグカップから水を飲み、「バターナイフくらい鋭い」などとどうでもいいことを言って巡森の発する真面目な空気を粉砕しようとする。

「やっぱり嘘だったんですね。『猫の糞』って教えたんですか」

「ああ。猫の糞、テングザルの毛、カニミソ——そう伝えた。どれも福神漬け味のソースになる材料さ。澤井は間違ってなんかいない。俺の説明に正しく従ったんだ」

「なんでそんなこと」

「はじめて楽鬼ラーメンを食べたときから何か惜しいと感じてた。何度か行くうちに確信した。福神漬けの甘みがマッチするってな」

バケモノを貸し出し、店を繁盛させ、返却の際に実はソースが福神漬けの味であったことを明かして、バケモノなしでも客を集められるよう足掛かりを与える——というのがすべて思惑の内だったと化野は語る。

「じゃあ、そもそも無上の旨味が詰まったソースなんてものは……」

「それは実在する。材料も分かってる。でもあまりに美味くて、一度使ってしまえば客がその味を強く求めすぎる。強い中毒性はいつか店の破滅に繋がる」

「最初から『福神漬けが合うと思うよ』って教えてあげるわけにはいかなかったんですか？」

「それじゃあ俺の仕事にならねえだろ、このアンポンタン」

「私にまで秘密にしていたのはどうしてですか？」

「お前がアンポンスカポンタンだから」

「ちゃんと話してください」

「お前は『福神漬けが合うと思うよ』って、あっさり教えるだろう」

巡森は唇を尖らせながら「そっか」と一応の納得をする。が、どこか物足りなさを感じもする。頭では説明を理解したのに、なぜか肩の力を抜くことができない。化野の話は肝心な部分が空洞化している、そんな気がする。しかし具体的にその肝心な部分を挙げられないので質問することもできなかった。

家に帰り、眠ろうとしたときになって、ようやく分かった。

すべてが思惑の内だったというなら、店の繁盛によってバケモノに与える材料が不足することも化野は予期していたはずだ。その上で貸し出したということになる。澤井が材料不足によりどれだけ苦しんだかを聞き、実際に憔悴し切った顔を見ている巡森としては、もっとほかにやりようはなかったのかという気持ちを抱かずにはいられない。ふと早坂のことが思い出される。あのとき——彼女が笑顔を失ったときにも似た気持ちになったのだった。

早坂はアイドルの高みに上っていった。澤井は店の復活に光明を得た。少なくともこのふたりに関して言えば、借りる前よりも自らの願いに近づいている。だがその過程にはいずれもバケモノによる失望が挟まれていた。手続きのように。あるいは儀式のように……。

化野は利用者を救いもするが失望させもする。いや違う。願望成就の可能性を用意したうえで失望させる、と言った方がニュアンスとして近い。いずれにしても彼は失望させることの方に重きを置き、周到な準備をしているように思える。その後の展開については、まさに彼がいつも話す通り責任を負っていない。運任せとすら言える。

一体なんのために？

澤井からバケモノを引き取るときに化野の浮かべた満足げな表情が脳裡に色濃く蘇り、巡森はベッドから起き上がる。スマートフォンに手を伸ばし、電話をかける。相手は早坂だ。

通話がはじまるとふたりは一分ほど軽いやり取りをした。夜遅い時間だが彼女はまだテレビ局にいるらしい。「それで？」と用件を問われ、巡森は本題を口にする。

「あのバケモノのことなんだけど。借りるときと返すときで、何か違わなかった？」

「何かって……」

電話の向こうの早坂はしばし黙ったあとで「ああっ」と発し、見た目に変化が生じていたことを巡森に教えた。

「尻尾《しっぽ》が長くなってたよ。色も銀に変わって。それがどうかしたの？」

「いや……。どうってことでもないんだけど、気になったの」

それからまた少しのあいだ無目的のお喋りをしたあと、礼を言って通話を終えた。

巡森はベッド脇に立ったままスマートフォンを持つ手をだらりと下げた。

「やっぱり」

澤井のバケモノは大きく生長した。早坂のバケモノは尾を伸ばし、色を変えた。

化野が以前語っていた「目的」は、ひょっとするとそこにあるのかもしれない。

＊

真夜中の底に灯《とも》っていた「もんすたぁ♡」のネオンサインが消える。

レジカウンターの照明も落とされた。

化野は澤井から返却されたＤＶＤを和室の棚に戻す。それから奥の部屋へ行き、スチールラックから「有効」のファイルを取ると、澤井のレンタルに関する書類を抜いて過去ファイルに移す。それらの作業をするあいだずっとホタルが足元にちょろちょろと纏わりついていた。

澤井のバケモノレンタルについて化野は思い返す。この一件には巡森に伝えていない、そして今後も伝えないひとつの事実があった。

あの台風が過ぎた翌日、澤井が公園で猫の糞を集めているとき、化野はその様子を遠くから見ていた。澤井の背後にふたりの学生がいて、スマートフォンを掲げて動画を撮りはじめたことにも気づいていた。

彼らは撮影を終えると、その場から離れていきながら、撮ったばかりの動画を確認していた。

「こっわ」「完全にヤベーやつじゃん」「ここにお住まいなのかな。公園のヌシ？」

そんなことを言ってはしゃいでいた。どうやら彼らはその不審人物について心当たりはなく、深夜に妙な動きをしている男がいたのでスリルを求めて撮影したにすぎないようだった。薄暗く、大きな動きもない、ただ最後の笑い声が不気味なだけの映像を、彼らはすぐに見飽きて消去するに違いなかった。

化野はそっと彼らの背に近づいた。

「『楽鬼』ってラーメン屋、知ってるか？」

そしてあの男が「楽鬼」の店主であることを教えた。

まさにこの瞬間、猫糞ラーメン騒動の種が撒かれたのである。

もし化野の接触がなければ、彼らはその動画が持つ醜聞的側面に気づかず、つまり彼らにとって「面白い」ものであると気づかず、SNSに投稿しなかっただろうし、したとしても「楽鬼」の名を伴わない投稿では誰の目も惹《ひ》かず忘れ去られただろう。つまり澤井が噂に苦しめられることも、客を失うことも、息子から問い詰められることもなく、ただ材料収集に困窮するだけだった。

それでは、足りないのだ。

化野は和室に上がり、柱に背を預け、膝を立てて座る。暗闇の中で目を瞑る。畳に投げ出した右手にホタルが寄って来たのが気配で分かり、指先だけを動かして探るように、その顎をそっと撫でた。

第四章

夢のあとへ

夏の思い出も褪《あ》せた一一月。

とにかく誰もが眠い一一月の午後。

枯れ色と緑がまだらを成す芝生の上を涼風が撫で、薄く開いた講義室の窓へと流れ込んでいく。窓際の巡森はその香りを感じながら、眠気に抗うような、強いて抗いもしないような黄金の時間を味わっていた。

鞄の中でスマートフォンが振動する。巡森は気づいたが手を伸ばさなかった。講義中だからというより、ただ眠くて億劫だったのだ。やがて振動は止み、そして今度は大音量で鳴りだした。設定した覚えのないエリック・サティの『風変わりな美女』が着信音として鳴り響き、講義室の時間を止める。

眠気は一瞬にして吹き飛んだ。

大慌てでスマートフォンを手にすると見たこともない画面が表示されている。暗黒の背景に通話開始のアイコンが黄色く浮かび、それ以外にはタッチできる箇所がない。混乱しつつ電源ボタンを連打したり長押ししたりするが曲は止まず、アイコンの下に「はやくでろ」「はやくでろ」「はやくでろ」という赤文字が立て続けに浮かび上がってきたので巡森はモウダメダと判断を下し、バッと立ち上がって、ほかの学生の好奇の目や教授の冷たい眼差しを全身に感じながら鞄を抱いて講義室を飛び出した。

「化野さんでしょ！」

「鋭いな」

屋外に出て声を尖らせる巡森に、電話の向こうの化野は平然と応じた。

「バターサンドの角くらい鋭い」

「あの画面はなんですか。それに着信音。私のスマホ勝手に改造したんですか」

「でかい声を出すんじゃない。俺に迷惑だろ」

「迷惑の概念持ってるんですね」

「今から店に来られるか。お前にしか頼めない用がある」

「どんな用ですか」

「急げ」

その短い台詞の直後にプップップーと通話終了の音が鳴る。

「なんなの、もー！」

遣《や》る方《かた》ない怒りを込めて巡森は画面を睨んだ。すると、そこに映し出された化野が「そんなに怒るなよ」と呆れたような顔で応じたので、「なんで⁉」と危うくスマートフォンを取り落としそうになる。

「いつの間にテレビ電話になってたんですか。というか、さっき一回切れ――」

プップップー。化野の顔が消えて画面がホームに戻る。今度こそ通話は終了したらしい。

なんなんだ。

あまりにも手前勝手。呆れるほど融通無碍《ゆうずうむげ》。こんなやり方でいちいち呼び出されたのでは今後、講義に集中できない。またいつ電話が鳴るかと怯《おび》えながら生活することになる。冗談じゃない。誰が大人しく従うもんか。

およそ一〇分後に「もんすたぁ♡」に到着した。

店に入ると、いつも通り化野がレジカウンター内の椅子に腰かけて待っていた。

「早かったな、と言ってやりたいところだがそこまで早いわけでもなく、といって別に責めるほど遅いわけでもなく、今のお前にかけてやるべき言葉が何ひとつ思い浮かばない、そんな俺を許してほしい」

「用ってなんですか」

「皮を剝いてくれ」

化野の手元には先日巡森がプレゼントした皿がある。以前彼が使っていたものはホタルの餌入れになってしまったので、代わりに家にあった某パン祭りの皿を彼にあげたのだ。皿の上には柿がひとつ載っていて、横にペティナイフも用意してある。

「柿ですか。どうしたんです？」

「拾った」化野は椅子の背に凭れ、頭の後ろで手を組む。

巡森は言われるままナイフを手に取って柿の皮を剝きはじめた。ちょうどそのときホタルが奥の廊下から、頭で戸を押して現れ、巡森の手にある柿を見てなぜかとんでもなく目を丸くした。しばらく床からジッと見上げていたが、ついにはカウンターに飛び乗って間近で観察をはじめる。異様に熱心な眼差しだ。しかし食べやすい大きさに柿がカットされてしまうと途端に興味が醒《さ》めたらしく、プイッと離れて化野の腿《もも》に飛び移り、彼がまったく脚を閉じないせいで座りづらかったのだろう、甚だ不満げな態度で床に下りて結局、土間廊下の方へ帰っていった。

すーっと見えなくなるホタルの尻尾を見届けたあと、改めて「私にしか頼めない用ってなんですか」と巡森は尋ねる。

「もう済んだ」

化野は皿に盛られた柿を頰張って答える。「さんくす」

「は？」

「とっとと大学に戻って、お友達と遊んで来い」

柿の皮を剝くためだけに呼んだのか……？

巡森は咄嗟に唇を結び、腹に力を込めた。そうしないと長大な不平怨嗟《えんさ》が炎を纏って口から飛び出しそうだったからだ。数秒黙したのち、努めて冷静に言葉を発した。

「私、講義中だったんですけど」

「偉そうに。どうせ居眠りでもしてたんだろ」

「し、いっ、してるわけないじゃないですか！」

「巡りの森のミドリ」

「はい」

険のある声で返事したところにスッと皿が差し出される。

「お前も食べろ」

「あ、いいんですか？　わーい」

不貞腐れた顔を一瞬で綻ばせ、巡森は柿を摘まんで口に運び、丁寧に嚙みしめて嚥下したところで、思い出したように再び反抗的な表情を作った。

「化野さん、刃物使うの苦手なんですか？」

「お前なんかよりは上手いに決まってる」

「じゃあなんで呼んだんですか。私のこと怒らせて遊んでます？」

「鋭いな。バターロールと同じくらい鋭い」

巡森は苛立ちを含む溜息をついた。

こうして都合よく呼び出すのが今回限りとは考え難い。近いうちにサンマの小骨を取らされるのは火を見るよりも明らかだ。冬になったらミカンの維管束《いかんそく》、春にはイチゴのヘタ、次の夏にはスイカの種を取らされるに違いない。それはなんとカラフルかつ陰気な未来だろう。

「そう俯くな。冗談だ」

「とてもそうは思えませんね」

「手の調子が悪いんだよ」

化野は観念したように言う。「俺の手はときどき不自由になる。そういう日にはナイフは使えないし、絵だって描けない」

巡森はカウンターの上に置かれた彼の両手を見た。それらは高い所から落ちてきて偶然ふたつ並んだ石のように、不満げに沈黙している。化野は真剣な顔で「もともと描かないが」と言う。

「ときどき不自由にって……どうしてですか」

「色々あるのさ」

無感情な声、これ以上の質問を柔らかく拒むような言葉。

「そうだったんですか」

どうしてか巡森は急いで化野の手から目を逸らした。

「最初からそう言ってくれればいいのに。何かほかに困ったことはありませんか？」

「半径五キロ圏内に落ちてる柿を全部拾ってきてくれ」

「じゃ、帰りますね」

「聞こえなかったのか、おい。じゃあ三キロ、いや一キロ……九キロ圏内でいい」

つき合っていられない。

「頼む。この通りだ」

化野は頭の後ろで両肘をピタッと合わせた。

「どの通り？　それ関節どうなってんですか？」

もう何もかも面倒になり、店を出て自転車に跨がると、走りだしてすぐの所に工事予告の看板が立っていた。巡森はそれを横目で見るともなく見ながら、大あくびをして通り過ぎた。

＊

三日月の浮かぶ夜の底を走る最終電車の中でひとりの女が膝から崩れ落ちる。

そばに立つ無関係の青年が大丈夫ですかと声をかけると、女は「平気です」と繰り返しながら慌てて立ち上がった。

強がりではない。具合が悪いのをやせ我慢しているわけではない。

ただ、眠いだけだった。

立ったまま眠ってしまい、吊り革を握る手が解けて倒れたのだ。土曜だから終電でもそれなりに人が乗っている。周りの目が彼女に集まり彼女もまた窓に映る自分を見つめる。

――今日は書けるだろうか。

真夜中の住宅街を背景にして、誰かの皮脂の汚れがついた窓ガラスの中で、「きっと無理だ」と疲れ切った顔の自分が答える。

彼女の名は水原由香《みずはらゆか》。

グルメサイト運営会社の事務職に就いて一年と七ヶ月が経つ。

サイトに掲載されている店舗の予約管理を代行するのが主な仕事で、予約状況によっては店側と連絡を取り、座席やプランの調整をおこなったりもする。昼過ぎに出社してから日付変更間際に退社するまでデスクから離れることはほぼない。

この仕事は深夜でも忙しい。ネットはもちろん電話でも二四時間予約可能となっているためだ。パソコンで予約手続きをしながら同時に電話で別の店の予約対応をするなどは珍しくもない。あまりに忙しくて気が遠くなることもある。そんなときは手の空いている誰かに応援を頼めばいいし、実際ほかの社員はそうしている。けれど水原にはそれが難しかった。

隣のデスクには一〇歳上の先輩が座っている。彼女は仕事中、水原にほとんど話しかけないし顔も見ない。よって水原も用件があって話しかけるのに、いちいち二階から飛び降りるくらいの勇気を要するし、安易に視線を送ることすらできない。数多《あまた》の声が飛び交うオフィスの中で、ふたりのあいだの空気だけが冷たく強張っている。

最初からそうだったわけではない。きっかけが存在した。

入社してひと月ほど経ったある日、事務員の何人かでお昼を食べていたときに先輩が家で作ったというラタトゥイユを皆に振る舞ったことがあった。タッパーに入った色とりどりの野菜をちょっとずつ食べながら皆、その美味しさに感激していたが、水原はひとり硬くなった。野菜が嫌いなのだ。そしてラタトゥイユという料理には見渡す限り野菜しか入っていない。

「水原さんもどうぞ」

遠慮していると思った先輩が気を利《き》かせて水原にタッパーを近づけた。水原は咄嗟に「トマト、苦手なんです」と口走った。本当はトマトも玉ねぎも茄子《なす》も嫌いでピーマンは食べたことすらなく、ズッキーニに対してはもう苦笑いで他人の振りをする以外何もできない。しかしこのときの水原には「野菜嫌い」を隠したいという心理が強く働いていた。それはちゃんとした人間に見られたいという一種の幼稚な、しかし切実な見栄《みえ》だ。先輩は特に気を悪くするふうでもなかったが、このわずかな屈折はのちに災いした。先輩が一週間後に筑前煮《ちくぜんに》を作ってきたのだ。

水原は戦慄した。まさか鶏肉だけピックアップして食べるわけにもいかない。といって今更、「野菜嫌い」を告白するのも気まずい。やはりラタトゥイユのとき正直に言えばよかったのだ。完全に追い込まれた。先週に続けて先輩の料理に手をつけないとなると、いくらなんでも印象が悪い。仕方なく、「食べてみたら案外平気かも」と自分を励まして、椎茸《しいたけ》と人参《にんじん》を立て続けに口へ放り込んだ。味付けは控え目だった。お野菜本来の味が存分に感じられた。人参の人参的甘みが口いっぱいに広がり、続いて椎茸の椎茸的歯触りが引き金となり、水原は「んべぁあ」とそれらを吐き出した。和気藹々《わきあいあい》としたランチタイムが一瞬にして谷底のような静寂に包まれた。

先輩はそれ以降も自慢の手料理を会社に持参したが水原に勧めてくることは二度と

なかった。それどころか話しかけてもくれなくなった。周りの社員もそれとなく水原とは距離を置いている。

就業中はずっと薄い氷の上に正座しているみたいな心地だ。先輩のラタトゥイユも筑前煮も善意だった。それを吐いた自分にも悪気があったわけじゃない。関係が壊れてしまったのは噛み合い方が悪かったせいだ。とはいえ、きっかけを作ったのは自分だという思いがあるから水原は肩身の狭さを甘受した。

学生時代から似たようなことは何度もあった。いつも何かやらかして人との関わりが気まずくなる。そういう経験がたくさんあるから、なんとか普通を演じようと、上手く立ち回ろうと考え、考えるせいで余計な強張りが生まれ、表情も言動もぎこちなくなり、「天然」とか「変わってる」とかいうオブラートに包まれた侮蔑と嘲笑に晒されながら生きてきた。

疲れた。

終電に揺られながら、ほとんど吊り革にぶら下がるみたいに力なく、睡眠と覚醒の境界線を跨いで立っている。この状態がそのまま全部、今の自分だと思う。朦朧とした意識のまま、ただ時間という名の箱で身体を運ばれていくだけの毎日。

駅前のコンビニで弁当とリンゴジュースを買って帰路を辿る。京成線沿いに建つ小さなビル――一階部分が空手道場になっている賃貸アパート、その階段を上って水原は二階の自宅ドアに鍵を挿す。

化粧を落とし、シャワーを浴び、食事を終えて歯磨きをして、ノートパソコンの電源を入れる。文書作成ソフトを起動する。書かなきゃ、と思う。思うだけだ。疲れ切った脳は他人の所有物みたいに水原の動機に呼応しない。しばらくジッと画面を眺めてから、ココアでも飲もうと立ち上がった。

ネット上に小説を掲載しはじめたのは大学二年生の頃だ。個人サイトを設け、好きな題材で好きなように書き、特に心がけるでもなく週に一度の更新ペースが自分の中で定着してから半年、一年と続けているうちにアクセス数の桁が増していった。一作目が完結すると間を置かずに二作目も同様のペースでアップしていき三作目を書きはじめたのが大学四年の秋だ。

それから二年が経つ。

いまだその作品は完結していない。

就職してから明らかに書くペースが落ちた。いつの間にか読者との約束事と化していた、毎週月曜更新というペースも徐々に崩れていった。働いているのだから在学中と同様にはいかない、事の次第は当然とも言える。だが水原本人にとってそれは意外で受け入れ難い変化だった。単純に時間が足りないだけでなく、いざキーボードに指を置いても何も思い浮かばないのだ。海原《うなばら》に屹立《きつりつ》した巌《いわお》の上で目が覚めたみたいに、どの方向にも進んでいけない。苦し紛れに文章を打ち込んでみると、画面の中でどの文字も配列に不満があるような態度を示す。いやに居心地が悪そうに、不細工な、白けた目で水原を見返す。すぐにバックスペースキーを連打して、白紙のまま、ただ時間だけが過ぎる。更新の停滞はアクセス数の低下へと如実に反映された。作品の感想で埋め尽くされていたコメント欄も更新を急《せ》かす声が占めるようになり、やがてそれすらも遠ざかった。とはいえ応援してくれる読者が完全に絶えたわけではない。辛抱強く待ってくれている人達もいた。そんな人達のために、そして何より自分のために書きたい。気持ちはあるのに指先がホームポジションから離れない。クライマックス直前の五三話を掲載したのが四ヶ月前で、それきり更新はストップしている。

いつの間にか眠っていた。

浅く、その割に夢のない眠りだ。

ヘリコプターの音がする。上空から降り注ぐ空気の振動で窓ガラスや玄関の郵便受けがガタガタと鳴っている。おそらく自衛隊のヘリだ。この音で目が覚めたらしい。

やがてヘリは遠ざかり、再び眠ろうとした枕元に今度は踏切の警報音が飛び込んでくる。走り抜ける電車に部屋全体が揺れる。さらに一階の空手道場から子供達の気合いの籠もったかけ声が響いてきた。日曜はいつもこうだ。

身体にとって必要な睡眠時間にはまるで足りていないはずなのに、瞼が軽く、再び眠るには苦労しそうで、そのくせ頭はぼんやりしていた。

そのまま立ち上がることもせず、再びキーボードに手を置く。

もういい加減、この状態から抜け出さなくちゃいけない。

今日は何がなんでも書こう。水原はそう心に決めた。

ほとんど捨て鉢に近い勢いで無理矢理に話を進めていった。苦しかった。書くことがこんなに苦しいのは、はじめてだった。カーテンを閉めたまま、食事すら取らず、長時間パソコンに向かい続けているのに没入感がなかった。錆びた荷車を引いて山を登るみたいに、力ずくで登場人物を動かし、情景を立ち上げていった。

「できた……」

画面から目を上げたとき、カーテンの隙間から見える空は藍色に染まっていた。脱力して天井を見上げ、長い息を吐く。力ずく、でも、とにかく、長いあいだ抜け出せなかった第五四話を書き切ることができた。これで次からいよいよクライマックスに突入だ。

ひと息ついてから推敲《すいこう》し、久々のことなので少し緊張しながらサイトに掲載した。

反応はすぐに訪れた。四ヶ月も更新せず、ほとんどの読者から見限られたはずだったのに、予想を遥かに上回る勢いでアクセス数が伸びた。コメント欄にも多数の感想が寄せられている。コンビニに夕食を買いに行き、弁当を温めてもらっているあいだにスマートフォンでそのコメント欄に目を通した。

『とても泉原《いずみはら》先生の作品とは思えません』

『え？　という感想しか出ない』

『わざわざ読んでやってたのに更新ストップして、やっと続きが出たと思ったらコレとか。読者をなめてるとしか……』

『何はともあれ連載再開してくれて嬉しいです』

腹の底に穴が開いて内臓がボトボトと地面に落ちる、そんな感覚だった。血の気が引いて力が抜け、しばらくのあいだ息を吸うことや動くことや自分が今どこにいるのかを忘れた。

「何はともあれ……」

「え？」店員が首を傾げる。

「何はともあれって……」呟きながら弁当を受け取って店を出た。

在学中に小説を書きはじめてから水原は奇跡的なことに酷評というものを受けたことがほぼなかった。だから下へ下へとスクロールしていっても途切れることなく地獄まで伸びていきそうな批判の羅列を前にして眩暈《めまい》を起こしてしまう。しかもアップされた直後に読んで感想まで書き込むということは以前からのファンである人がほとんどのはずなのだ。であればこそ、書かれている批判は意地悪や悪戯心からではなく真の訴えに違いない。

これだけ多くの人の期待を裏切った。がっかりさせてしまった。

睡眠不足のまま長時間書き続けたせいも手伝って、本当に何をしに外に出たのか分からなくなってしまい、だが立ち止まることはなく、家に引き返す気も起こらなかった。冷静になりたくない。辛い気持ちから逃れたい。なかったことにしたい。そんな焦《あせ》りにも似た気持ちだけを抱えて、夜道をあてもなく霊のように漂う。そしてある明かりの前で立ち止まった。

『スペッキオ』という名のバーだった。ビルとビルのあいだに隠れるようにして、通りから少し奥まった所に建ち、乳白色の看板の微弱な光で、湿ったアスファルトを染めている。幾度も通ったことのある道だが、こんな店には今まで気がつかなかった。どうしてか強烈なまでに吸い寄せられるような感じがある。見知らぬ店で、アルコールの力を借りて嫌な気分をやりすごそうか。もう今の自分にはそれしかないように思えて柔らかな明かりの方へ行ったはいいが、間近で見る扉は沈没した潜水艦から剝ぎ取ってきたみたいに古めかしく不気味で、ノブを握った瞬間に腕に伝わってくる重量感が尋常じゃなかったこともあり、開けて入る勇気を削《そ》がれてしまって結局手を離し、よろよろと二歩下がったそのとき、頭頂部に硬い衝撃を受けた。

驚いて振り返ると男が倒れているので尚更驚く。尻餅を突く程度ならまだしも、べったりと地面に仰向けになっている。慌てて傍らに屈み込み声をかけるが反応がない。気を失っているようだ。水原の頭が顎に当たったせいだろうか。まさか、と思うが、それ以外に考えようもない。

何をどうしていいか分からず辺りを見回していると、

「急に下がってくるなよ」

男が目を覚まし、気絶していたとは思えぬほど明瞭な口調で不満を訴えた。

「すみません」

「まあいいさ」

男は立ち上がる。「一杯飲んでいこうぜ」

そして戸惑う水原の脇を通り、重い扉に手をかける。

ナンパというには乾いた誘い方で、それがなぜか心地好い印象だった。どうせこのあと、ひとりで、向かうあてなどないのだ。

暗い店内にはマスターがひとりだけで、ほかの客は誰もいなかった。椅子もカウンターも壁も棚もマスターも、水原の三倍以上、歳を取っていそうだ。

酒を飲みながら水原は次第に自分のことを男に話しはじめた。そのほとんどは仕事のことだ。つまりは愚痴である。ただでさえ自暴自棄に近い心境にあったところへ酔いが回ったせいで、いつしか遠慮も忘れて身の上の愚痴を垂れ流していた。

成熟した大型犬のような静けさでその毒を受け止めていた男だったが、水原の勢いが途切れた隙を見て、小石を転がす程度の何気なさで言葉を挟んだ。

「それがお前の苦しみか？」

「どういうことですか」

「さっき、この店の看板を眺めながら突っ立ってるお前を見た。泳ぎ疲れて幻を見るような顔……。会社勤めのストレスが、こんな時間にお前をこの店に連れてきたのか。会社がなくなれば幸せか？」

「いや……」

少し冷静になって水原はグラスを覗き込む。泳ぎ疲れて幻を見るような……そんなにひどい顔をしていたのか。他人が抱いた印象を通して自分を憐れに思う。

「実は仕事とは別に、今日ちょっと辛いことがあって」

そして小説のことを話しはじめた。これまで自らがネット小説家であることは他人に明かさなかったのに、どうせこの場限りの関係だという気安さと、深まる酔いのせいで、今日までのことをほとんど全部包み隠さず話していた。

「書けないのが辛いんです。でも書くの、やめたくないんレす。逃げたくない。好きなんス。これしか好きなことないんノす」

目元を真っ赤に染めてそこまで喋り終えた水原に、男は「いいだろう」と返した。

「お前はきっと作家になれるさ」

「へ？」

水原は男を見る。男も水原を見ていた。

やけに荒々しい毛髪の下にある男の顔は病んだように青白いが酔い過ぎというのでもなさそうだ。冴えた目をしている。そもそも手元に酒を置いていない。あるのは落《らっ》花生《かせい》が盛られた器と殻入れだけだ。

「俺がなんとかしてやるよ。ささやかなもんだ。大それた願いじゃない」

「なんとかってぇ？」

水原は笑いながら男の肩をポンと叩く。すると男は落花生の殻を皿に落とし、そのまま人差し指を拭くこともせず水原の眉間に突き立てた。

「バケモノを貸すのさ」

何を言ってるんだ、この人は……。

そう思いながら呆然と眺めていた男の顔が斜めに傾いて視界の端に流れていく。代わりにグラスが鼻先に現れて左頰に冷たい感触を覚え、水原は自分がカウンターに突っ伏したことを知った。男は構わず話を続け、その内容を理解した上で返事をしているつもりだったが、自分がなんと答えているのか聞き取ることができない。そのあたりで記憶は途切れた。

＊

ひどい頭痛と寒気で目が覚めた。

よろめきながら台所まで歩いて水道水を飲み、それから時計を見て、はじめて寝坊したことに気がついた。

大慌てで身支度しながら水原は舌打ちをする。いくらなんでも昨日は飲み過ぎた。

どうやって帰宅したかの記憶もない。覚えているのは、一緒に飲んでいた男が妙な話をはじめたところまでだ。バケモノを貸す。そんなことを彼は言っていた。だが詳しい話は忘れてしまった——というより本当に聞いたかどうかも分からない。

二日酔いの身体でふらふらと着替え、化粧をしてヘアアイロンをかけ、食事は取らずに部屋を出て、アパートの階段を下りると大雪が降っていた。

一一月上旬の千葉県北西部では甚だ季節外れの雪だ。しかも量が尋常じゃない。道路脇に数センチ積もっている。吐く息は白く、冷たい空気が足首を包む。

逡巡ののちに意を決して一歩踏み出す。コートや手袋を取りに戻る時間はなかった。

駅まで歩く道すがら、この季節外れの雪について「バケモノの仕業か」という考えが脳裡をよぎった。それはまったく脈絡を欠いた発想であり、水原自身、なぜそんな考えが浮かんだのか不思議だった。何しろ彼女は男の口から聞いた「バケモノ」について具体的なことは何も覚えていないのだ。あのあと、男は自分にそれを貸したのだろうか。部屋にそれらしい異物はなかった。そもそも「バケモノ」とは有形なのか、それとも観念的なものか、なんらかの比喩か——いや、単なる法螺話《ほらばなし》かもしれない。

家から駅の半ばまで来た所で電車の運行は平常通りだろうかという懸念《けねん》が浮上したので、立ち止まりスマートフォンで調べると問題ないらしく、ホッとして再び歩き出した目の前でバイクと自転車が接触事故を起こした。

両者とも横転し、特にバイクの運転手は雪の上に跡を残しながら転がっていく。見ぬ振りをするわけにもいかないほど近くの出来事だったので駆け寄って話しかけると、自転車に乗っていた女性が「警察呼んで！」とヒステリックな声を上げ、水原は気圧《けお》されてすぐ一一〇番通報し、当事者ふたりに話を聞きながらそれを警察に伝えるのに、ずいぶん時間を取られた。

こうも出社を阻《はば》む事態が連続するのは単なる不運なのか。寝坊は自分のせいとして、季節外れの大雪も交通事故も偶然の重なりにすぎないのか。それとも何かの力が働いているのか。運勢以外の、何かの力が……。

そんな考えは杞憂《きゆう》に過ぎず無事、始業時刻前に会社に到着した。ここまで急いで来たのは自分なのにいざ会社に入ると、到着してしまったという気持ちになる。また憂鬱な、慌ただしく気まずい一日がはじまるのだ。

しかしながらその日はちょっとしたいいことがあった。

水原がサイト掲載店との電話を終えて受話器を置いたとき、足元にボールペンが転がってきて、拾おうとした手が先輩の手とぶつかった。

「あ、ごめん」と先輩は言った。

咄嗟に出た言葉のようで、ボールペンを拾い上げた先輩はわずかに照れたような笑みを口元に浮かべた。

ただそれだけの出来事。しかし水原は胸がスッとするような心地を得た。静電気のような一瞬の弱さで、だがたしかに先輩とコミュニケーションを取れたことが嬉しかった。無論それで何かが解決したわけでもないし、解決に向かう糸口と呼ぶにも心《こころ》許《もと》ないが、水原はその日、久々に穏やかな気分で会社を出た。

京成船橋《けいせいふなばし》駅の構内に入って、ホームへ繋がるエスカレーターに乗る。

そのとき、上から人が駆け下りてきた。ひどく泡喰《あわく》った形相で、その青年はエスカレーターを逆走してくる。なんだと驚いて彼を避ける水原の耳に、ホームからたくさんの悲鳴が反響して聞こえてきた。そして何人かが階段を駆け下りていく。若い女も、スーツを着た初老の男も、何かから逃げるように走っている。

唖然とする水原の身体は彼らとすれ違いに、自動的にホームへ運ばれていき、上り切ると人だかりが見えた。人々の視線はすべて、ある一点に集中している。スマートフォンを構えて撮影している人もたくさんいる。彼らはそこにある何かを遠巻きにしているらしい。

人だかりの最後方から首を伸ばして覗き込むと、幾つもの肩や頭の向こうに一瞬だけそれは見えた。

人だ。

が、様子がおかしい。

薄手のコートを着た男子大学生のようだが、顔や首などが鬱血したように暗赤色に膨張しており、顎関節《がくかんせつ》が脱臼しているのか、だらりと口が開いたままになっている。

もう一度背伸びをして見ると、学生は明らかに複数の骨が折れているだろうと思われるほど身体を捩りながら、おぞましい叫び声を上げた。何かを訴えるのではなく、感情の爆発でもなく、それはほとんど雷のような避けがたく侵しがたい音の塊だった。

彼の口から血液が飛沫《しぶき》となって辺りに噴き上がる。眼球は右と左が完全に独立して素早く動き、周囲の状況を認識しているようには見えないが、その運動の中で偶然、一瞬だけ水原の視線とぶつかった。

「あ」

無意識に声が漏れる。心臓とすべての血管に電気が走った。指先に痺《しび》れを覚えながら、かつてない恐怖の中で、ここにいてはいけないという本能の声に従ってすぐに踵を返し階段を駆け下りた。

どんな理屈でそうなったのか分からないが、きっと彼には人間の意識が宿っていない。少なくとも絶対に正気ではない。ゾンビ、という言葉が浮かぶ。容易にフィクションと結びつけられるほど、ホームにいた男の様相は現実離れしていたのだ。

階段を下り切る。と、いきなり真横から走ってきた若い女に体当たりされた。予期せぬ衝撃に水原は構えることもできず通路に倒される。

動転しながら顔を持ち上げようとすると強い力で首を掴まれた。身の危険を覚え、激しく抵抗しながら、上に乗っている女の喉元が異常なまでに膨らんでいるのが見えた。鼻からは多量の血が流れている。シャツの袖が裂けており、露出している肌の多くが暗赤や紫に変色している。ホームの男と同じだ。

水原は懸命に彼女の腕を振り払い、身体の下から抜け出ると、素早く立ち上がって肩口を踵《かかと》で蹴った。

息が切れ、いつの間にか涙が出ており、すぐに逃げ出そうとしたが足首を掴まれた。転倒し、階段の手すりに頭をぶつける。だが痛みよりも恐怖が遥かに勝る。倒れた身体の上に再びのしかかられ、ゾンビの手が、背中から首へと進んでくる。身体を捻《ひね》ろうとしたとき、唸《うな》り声《ごえ》がすぐ耳元にあった。そうして悲鳴を上げる間もなく水原の首筋は噛みちぎられた。

＊

ひどい頭痛と悪夢のせいで目が覚めた。

水原は枕から頭を起こして咄嗟に首筋に手を当てる。ゾンビに噛まれた箇所だ。当然、皮膚が裂けているようなことはなかった。

それにしても恐ろしい、そして長い夢だった。ゾンビはもちろん大雪も交通事故も先輩との一瞬の接触も夢だったのだ。そうなるとバケモノ云々《うんぬん》と言っていた男の存在も夢だったのではないか。

「はあ……」

途轍もない徒労感が起き抜けの身にのしかかる。深酒など慣れないことをしたから、あんな奇妙な夢を見たのだろうか。外で踏切の警報音が鳴っている。普段の起床時刻まで、まだずいぶんあるが再び横になったところで眠れそうにない。食欲はなく、水と頭痛薬を飲んでローテーブルに突っ伏し、昨夜アップした小説のこと、それに対する辛辣な感想の数々について思い返すが、自分でも意外なほど心が波立たなかった。当然の評価だったのだ。たしかに昨夜の更新分は登場人物の心理背景を無視した強引な展開だった。冷静になって考えれば読者が怒るのも道理だ。

電車が踏切を通過していく。そして水原は異変に気づく。

ベッド脇の窓のカーテンを開けた。電車や踏切の音があまりにも小さいので妙だと思ったのだ。だが線路の様子を眺めるよりも前に、カーテンレールの音で自分の耳がおかしいのだと気づいた。左耳が聞こえない。あー、と発声してたしかめるが間違いなさそうだ。唾を飲み込んでみても改善されず、結局そのまま出社した。

なんとか普段通りに業務をこなしていたが、夕方過ぎに突然刺すような腹痛に襲われた。それでも手を休めるわけにいかず我慢して仕事を続けていると、いつの間にか真横にいた先輩が顔を覗き込んできたので、驚いてデスクの縁に肘をぶつけた。

「具合悪いの?」先輩はどこか呆れたような目を向けている。

「な、どうしてですか」

「様子おかしいから。受話器持つ手がいつもと逆だし、今だって私が話しかけてるのに全然気づいてなかったでしょう」

「えっ、そうだったんですか。すみません」

「いや、それはいいけど。どこか具合悪いの?」

「実は——」今朝から左耳が聞こえないのだと水原は説明した。「でも大丈夫です」

「病院は?」

「いや、そんなに大したことじゃないですから」

心配してもらっているのに、それが迷惑をかけていることのように思えて居心地が悪く、トイレに行こうと席を立った。だが三歩も進まないうちに眩暈がして、床に尻餅を突く。立ち上がろうとするが途中で力が抜けて、また床に座り込んでしまう。周りの社員達が手を止めて、不思議そうに水原を見る中、先輩がすぐに肩を貸して椅子に座らせてくれた。

「どう見たって大丈夫じゃないよ」

「すみません」

「今日はもう帰りな。タクシーでね」

結局、要連絡の店舗をリスト化して先輩に引き継いで帰宅し、翌日病院に行った。「疲れが溜まったんだろう」「とにかく休め」医者の話は要約するとそんなところで、水原は思い切って上司に相談し、溜まっていた有給を使ってしばらく休むことにした。

しかし休暇の初日、洗濯や掃除などの家事をひと通り済ませると早くも困ってしまった。やることがないのだ。休まなければいけない、そう意識すると何をすればいいのか分からなくなる。仕方なく風呂に湯を張って、浸《つ》かりながら読書をした。

こんなふうにゆっくり小説を読むなんて、いつ以来だろう。

浴槽の蓋に肘を突いて読《よ》み耽《ふけ》るうちに瞼が重くなってくる。

目覚めたとき両手は本を開いた状態のまま投げ出されていた。湯はまだ熱を残しているから、そう長いこと眠っていたわけでもないらしい。本を閉じ、浴槽の中で立ち上がる。それと同時に不思議な確信が水原の額から爪先まで駆け抜けた。

書ける。

一片の疑いも差し挟む余地なく、そう感じた。

*

ひどく大きな自分の寝言で目が覚めた。

巡森はまず顔を洗い、テキパキと大学へ行く準備をして、いつも通りの時間に家を出た。だが通学の途中で深刻な問題が発生した。腹を下したのだ。自転車を漕いでいる最中に突如、ぎゅるるるぅという音を伴って強大な第一波が下腹部に来た。おそらく原因は昨晩遅くに飲んだ、残りものの味噌汁《みそしる》だ。そういえばちょっとすっぱかったかもしれない。刻んだパクチーをまぶしたせいではっきりと気づけなかったのだ。

早急にトイレに駆け込む必要がある。学校までは確実に持たない。家に戻るのも無理そう。今いる地点から最も近いのは「もんすたぁ♡」だ。

巡森は第二波が来ないうちにと急いで自転車を漕いだ。しかし、さらなる問題が立ちはだかった。「もんすたぁ♡」に向かう途中の細い道が交わる十字路で配水管布設工事をしているのだ。交差点を分断するようにアスファルトが横長に掘削されている。作業員や警備員の姿はないが、歩行者や車が過《あやま》って転落しないように周囲にはバリケードが設置されている。

「嘘でしょ」と泣きそうな声を出す巡森の下腹部に早くも第二波が到来する。迂回する余裕はもうない。形振《なりふ》り構っていられる状況ではない。

自転車を降り、苦しさに背を丸めながらバリケードの隙間を無理矢理すり抜け、横長の穴を越えるべく意を決し、限られた助走から渾身《こんしん》の跳躍をした。

転落した。

並列した二本の配水管に尻が挟まって抜けなくなった。

この世の終わりだ。

小さな湯船に浸かっているみたいな姿勢で、尻が完全に食い込み、どんなに力を込めても抜ける気配がない。目の前が真っ暗になる。電話は手元にあるが、消防を呼んだとしても到着までに腹痛が限界を迎えるだろう。その場合、身柄は引き上げられても尊厳がドン底だ。

腸がぐりぐりと捻じれているような痛みに表情が歪む。もういくらも辛抱できそうにない。終わりは近い。この不様な体勢を目撃されることも充分恥ずかしいが、やむを得ない。腹痛の結末を迎えたのちに救助されることと比べれば天地の差。そう思って声を上げた。「誰かぁ……」と力なく。

すると、その声を聞いて意外にもすぐに駆けつけた者があった。ホタルだ。

ホタルはゆったりとした足取りで穴の縁沿いを歩きながら、磔刑《たっけい》の咎人《とがにん》を蔑む異端審問官のように傲然と巡森を睨み下ろし、その後、唐突に腹が減っていたことを思い出したのか、ぴゅんと走り去った。

神も仏もいないのか。そう思いかけたが、ホタルと入れ替わりで化野が現れた。

「近くの穴にハクビシンが落ちたような気配があったんで来てみれば――」

彼もまた傲然と巡森を見下ろす。

「やけに大きなハクビシンだな……」

「ハクビシンじゃないですメグリモリです」

「なんの工夫もないその切り返しを見ると、相当参ってるらしい」

「切り返しとか関係なく一目見て分かるでしょ。参ってますよ!」

これほどまでに早口で喋ったことはなかった。

「一分で助けてください」

「そんな体勢のくせに時間制限を設けるとは大したもんだぜ。勝手に頑張れ」

「待って待って待って助けてくださいお願いします、お腹痛くて死にそうなんです」

その言葉を聞いた途端、化野は漢方薬を舐めたみたいに顔を顰めた。

「ヤバいのか」

「激烈に」

「でもなあ……」と彼は憂鬱そうに呟きながら、穴の縁に足をかけて慎重に下りはじめる。巡森は本当に気がおかしくなりそうだった。一秒でも早くしてほしいけれど彼がどこかに頭をぶつけて気絶するのが何より怖いので急かすこともできない。ようやく底まで来た化野は配水管に片足を置いて巡森の両手首を摑み、思い切り引っ張ったあとに清々《すがすが》しい声で「無理だ」と敗北宣言した。

「それで終われるわけないでしょ！」

再び凶悪な波が腸を襲う。「もう……ダメだぁ……」

「あと一分耐えろ。なんとかしてやるから」

そう言って化野は巡森から離れ、存分に衣服を汚しながら穴から這い出ていった。

「……いっぷん」

今の巡森には蜃気楼《しんきろう》のように遠い希望だ。

化野が去ると同時に不安が押し寄せる。本当になんとかなるのか。もしかしたら戻ってこないつもりなんじゃないか。面倒になって、着替えて、柿でも食べながら畳に寝転がってるんじゃないか。悲しいことにその様子はありありと思い浮かべることができる。しかし彼は帰って来た。ひどく大儀そうな顔をしながら、緑色の毛に全身を覆われたイルカに乗って帰って来た。

「助かった……」

トイレから出た巡森は深く息をつく。

助けに戻ってきた化野が乗っていた緑の毛の生物はやはりバケモノで、その能力により巡森は信じがたいことにグミのような身体になってパイプのあいだから抜け出すことに成功したのだった。無論、すでにバケモノは消えてグミ化は解けている。つまり一件は落着したわけだ。しかし、

「いやあ、ホント助かりました。ありがとうございます」

爽快な気分で和室に顔を覗かせたとき、化野が畳の上で俯《うつぶ》せになっていたので巡森は息を呑んだ。それはリラックスした眠りではなく明らかに気絶の倒れ方で、さらに驚くべきは化野の髪色だった。ボリューム豊かな彼の毛髪は一本残らず真っ白に変色していた。

「化野さん」

慌ててそばに駆け寄る。すると彼の首から上がピクリと反応を示した。

「どうしたんですか、これ、この、髪」

「白いのか」

「真っ白ですよ。なんでこんなことに。化野さん大丈夫なんですか？　具合悪いんですか？」

「悪いと言えば悪いし、悪くないと言えば嘘になる」

「病院行きますか」

「構うな。学校行け」

彼の口から小さな咳がふたつ出る。

「風邪？　でも、それでなんでこんなカリフラワーみたいな頭に……」

「譬えるな」

結局和室から追い出され、後ろ髪を引かれながらも大学へ向かい、夕方になると急いで「もんすたぁ♡」に戻った。いつも通りカウンターの内に化野は腕組みをして座っていたが、さすがに今日ばかりは職業服など着ておらず、紺のスウェットに半纏《はんてん》を羽織りネックウォーマーまで身につけて、体温を内に留めることに余念がない。やはりというべきか白髪は治っておらず咳は酷《ひど》くなっており頭痛もするし時々鼻血も出るという。さらに目の下には濃いクマができている。

「やっぱり病院に――」

「これからお前をある場所に連れて行く」

巡森の言葉を遮って彼は告げる。ネックウォーマーに顎を沈めながら、よろよろと立ち上がり、土間廊下の奥へ歩いていく。そうしてゲーム機を操作し、鉄扉を開けると、向こう側へ巡森を招き入れた。

「今日からしばらく、ここがお前の仕事場だ」

＊

今なら書ける。

そんな感覚が猛烈に湧いて身体がウズウズした。水原は風呂から上がるとドライヤーをかける時間も惜しんでパソコンの電源を入れた。

そして先日酷評を受けた五四話の手直しをはじめた。それはブラッシュアップではなく骨柄を換える大手術であり、全部消して書き直すに等しい行為だったが、この前とは違い、苦しくはなかった。深い没入感の中で、自在に物語を操れる気がした。花瓶を傾けさえすれば水は地面に落ちていく。それと同じくらい自然な流れで文章が頭の中から原稿へ吸い込まれていった。

ほとんど休憩を取らずに書き上げると、読者への断りの文とともにサイトに掲載した。そして様々な反響がコメント欄に寄せられる中、水原はそれらを見ることもなく、翌日の明け方に続く五五話をアップし、さらにその勢いのまま五日間で立て続けに七話を書き上げた。

行き詰まると本を読むなどするが、大抵の場合、いくらも経たないうちに眠ってしまった。明日の活動のために「確保」する睡眠ではない、贅沢《ぜいたく》な眠り。そして目が覚めるとすでに頭の中に物語の次の展開が仕度されていた。一度失って今再び獲得したからこそはっきり分かることだが、水原が物語を推進していく上で夢が果たす役割は大きかったのだ。

有給の終わりの一日前、物語は完結した。

サイトへのアップロードが済んだあと真っ白な頭で他愛ないネットサーフィンをしていると、ある小説新人賞の広告が目に飛び込み、水原は画面に顔を近づけた。それは在学中に一度投稿するか迷って結局、思い切れずに見送った賞だった。

水原は大きなあくびをしてすぐに活動を再開した。完結したばかりの作品を応募規定サイズに改稿し、推敲まですると、コピー用紙と黒紐を買ってきて、印刷して綴じ、茶封筒に宛先を記入してポストに投函《とうかん》するという作業をその日のうちに済ませた。

勢いよくベッドに身体を投げ出すと踏切の音が聞こえた。そういえば耳が治っている。いつ治ったのかまったく分からない。この数日間、世界の音という音を聞いていなかった。没頭していた。まるで何かに憑《つ》かれたように。そう自ら思い、その発想に付随する形でバケモノという言葉が脳裡に蘇った。

あの男に会ってから一週間が経つ。当時酔っていたせいなのか、それから今日までの日々が特殊だったせいなのか、あの夜の出来事は遠い日の夢のように感じられる。

ひと月後から再び新作を書いてネットに連載しはじめた。仕事をしながら毎週月曜更新というかつてのペースをはじめのうちはなんとか守っていたが、しばらくすると少しずつ遅れだし、それでも食らいつくようにして書いた。想像力の燃料となるため寝る間だけは惜しまず、その他の時間を削りに削った。同年代の女子達が半ば義務感に駆られながら向かう「恋」とか「おしゃれ」とか「グルメ」とか、そういうきらびやかな舞台からドンドン遠ざかっていくのは自覚していた。そういったものへの憧れは持っているのに、なぜすべてに背を向けてパソコンに向かっているのか自分でも分からず、けれど止まれなかった。狂った牛のように、滅茶苦茶《めちゃくちゃ》なステップで走り続けた。そしてひとつの転機が訪れた。

以前応募した新人賞の結果が出たのだ。

『高天原《たかまがはら》ジェットゴースト』

そんなタイトルの作品が大賞を獲得した。

著者名は泉原牛子《いずみはらうしこ》。水原のペンネームだ。

賞金の二〇〇万ではじめにやったことは引っ越しだった。思い返してみると何が良くて今の線路沿いの部屋に住むことにしたのか本当に謎だ。仕事もやめた。生活が大きく変化することに不安もあったが、いい流れに乗っているのだと信じるしかなかった。何より、これからは書くのと眠るのを好きなだけ繰り返すことができるのだと思うと嬉しかった。

単行本として発売された受賞作は考えていた以上に広い世代の読者から受け入れられた。いくつかの雑誌で話題作として取り上げられたのちに、お昼のテレビ番組で特集が組まれた。憧れの作家達とも何度か話すことができた。

幸せだった。まるで夢のように。

覚めるなら、どんな覚め方がいいか。

なるべく静かに、泡のように、現実に浮上していくのが最良に違いない。だがそれは当人には選びようがないことだ。急な痛みが世界の外側から来た。

二作目刊行に際して都内の書店で開かれたサイン会の途中、右手の人差し指に前触れのない痛みが走り、ペンを取り落とした。そのペンは足元の果てしない闇へ落ちて行く。目の前に並んだ読者が持つ本から文字がぽたぽたと滴《したた》り落《お》ちる。棚に陳列された膨大な書籍からも、まるで血のようにだくだくと文字が流れ出ている。すぐそばに立っていた書店員と編集者が消える。どうしようもないくらいの寂しさが胸をよぎり、やがて水原もいなくなる。

＊

お前にやってもらいたい仕事がある。

そう言われてから三日が経った。巡森は命じられた通り、その仕事を毎日ひとりでこなしていた。一方の化野はと言えば、いまだに体調が戻らず毛髪もカリフラワー状態のまま和室でダウンしている。

曇天の午後、学校を出た巡森は「もんすたぁ♡」へ向かった。今日も店の奥の鉄扉を通じて、例の仕事をしに行かなければならない……。自転車を漕ぎながら見上げる空は黒々とした、のしかかってくるような雲に覆われている。「もんすたぁ♡」に着く直前で、霧に近い雨が降りだした。そしてどこからか、巨大な怪鳥の鳴き声のようなものが聞こえてきた。

店の敷地に入って自転車から降り、辺りを見回して音の出所を探った。音は次第に近づいてくる。少しのあいだ待っていると、異音とともにひとりの男が鉄屑《てつくず》の塊に跨がって店の前を通りかかった。なんだアレは。そう不審に思って眺めていると、男が急に方向転換して店の敷地に入り、目の前で停止したので巡森は思わず「え？」と声を出した。

「ごきげんよう」

男は鉄屑の塊を降りると、その前部についたカゴから鞄を取り上げる。それを見て巡森は、彼の跨がっていたのが自転車なのだとやっと分かった。あまりに汚れており、あちこち改造されているらしく、その上でひどく破損しているのでスクラップにしか見えなかったのだ。不気味な音の正体はこの自転車の部品が擦れる音だったらしい。

男は優雅な笑みを浮かべている。歳は五〇手前くらいだろうか。小さな丸眼鏡をかけ、高級そうなベージュのジャケットを着て、クリスマスカラーのネクタイを締めている。肩幅が広くがっしりしているが脚は枝のように細く、近くにいるのに遠くに立っているような、ずっと見ていると酔いそうな体貌だ。

「こんにちは」

巡森は男のためにガラス戸を開けた。店に入ると男は棚に陳列されたＤＶＤソフトには目もくれず奥のカウンターへ向かった。慌てて巡森は「いらっしゃいませ」と言いながら、男の脇をスッと抜けてカウンター内に入る。

「あ、きみはこの店の子なのね」

「はい。アルバイトの巡森です」

「彼は奥にいる？」

「あ、はい。でも申し訳ありません、化野はいま体調不良で寝込んでおりまして」

答えながら、一体この男は何者なのかと訝った。化野のことを知っているらしい。それも昨日今日知り合った程度の浅い間柄ではない、というのが雰囲気から分かる。

「知ってる。それで僕は呼ばれたんだもの」

顔や声質からは老いの兆しが感じられるのに喋り方が若い、というより言葉の置き方が子供のように雑なので物凄く違和感がある。

「もしかしてバケモノ使っちゃったのかな」

バケモノという単語をあっさり出されて巡森は一瞬息が止まった。

「どういうことですか」

「本人から聞いてない？　化野くんはね、自分でバケモノ使うと駄目なのよ、もう、ダウンしちゃって」

「どうして」

「手が、ほら、アレだから」

深刻さを装いながら愉悦を含んだ忍び声で話す男の様子は、テレビ番組の再現ドラマに出てくる「ご近所の意地悪オバサン」にそっくりだった。

「バケモノだから」

手が、ときどき不自由になると化野は言っていた。そのことと、男が告げるこの突拍子もない事実は繫がっているのだろうか。手がバケモノ？　バケモノ、だから……何、どういうこと――？　巡森の頭は凍ったように固くなる。

「そんなに驚かないでよ」

男は冗談を口にしたあとみたいに軽く笑いながら鞄の中をまさぐり、茶色い紙袋を取り出してカウンターの上に置いた。コトン、という小さな音が立つ。

「これ、ご注文の品ね。化野くんに渡しておいて」

「あの、呼んできましょうか。少しは動けると思いますし」

「いい、いい、いい。寝込んでるときなんか僕に一番会いたくないはずだから。嫌われてるから、僕」

男はなんでもないように話す。不満げでもなく自嘲してもいない。

「ここで雇われているのは、きみひとり？」

「ええ、まあ」

「お手伝いさんが女の子だなんて珍しいねえ」

さっきの話の衝撃が抜けない頭を、巡森は少しだけ傾ける。

「化野くんっていうのは何しろもう腕っぷしの弱さが天下一品だからさ、いつもは若くて屈強なのを雇いたがるんだけどねえ」

「あの……」

巡森は口を開いた。そして声を潜めて尋ねる。「化野さんとは旧《ふる》い仲なんですか？」

「うん」

「じゃ、じゃあ——もしかしてあなたはバケモノについても色々と知っていますか？」

「色々って？」

「バケモノは成長しますよね」

「人の闇を食べてね」

それはおおむね巡森の予想に合致する答えだった。だが男がいともあっさり口にするので、かえって戸惑う。

「どうして化野さんはバケモノレンタルなんてやってるんでしょうか」

「それはもう妹のためだよ」またしても男の答えは簡潔だ。「妹のために化野くんは頑張ってるのよ」

「化野さんの、妹？」

「そっ。ちょうどきみと同い年くらいかな、うん。で、頑張らないとその妹ちゃんがバケモノになっちゃうってわけ」

「え……？」

後ろから殴られたみたいに頭の中が虚ろになる。そんな巡森をよそに男は「そろそろお暇《いとま》しようかな」と唐突に言いだして、すぐにカウンターから離れていく。巡森は慌てて呼び止めた。

「お名前を伺ってもよろしいですか。いらっしゃったこと、伝えておくんで」

「その袋を渡せば分かると思うけど、そうだね、じゃあ一応、伝えてもらえるかな」

男は眼鏡の位置を整える。

「蔵金谷《ぞうきんだに》さんが来ましたよって」

男がいなくなると巡森は脱力してパイプ椅子に腰を落とした。ゾウキンダニ。いつか化野が電話をかけていたのは、あの男だったのだ。

いくつかの事柄が頭の中で個別に膨らんだり萎《しぼ》んだりする。

化野の妹……。

そもそも、あの怪人に家族が存在するという事実が上手く呑み込めない。父も母もなく、この世界のどこかの隙間からひょっこり生まれてきたのだと思っていた。それが実は巡森と同じくらいの歳の妹がいる。そしてその妹が「バケモノになっちゃう」。

一体どういうことなんだろう。わけが分からない。驚くとか衝撃を受ける以前に、まず信じられない。

不意に後ろで扉が開いた。

「帰ったか？」

細い隙間から化野が片目だけを覗かせていた。そして蔵金谷がいなくなったことが確認できると「よし」と低く呟いて扉から半身を出す。巡森は預かった紙袋を手渡した。持った感触から中身が瓶だと知れる。

「あいつ、何か余計なこと喋らなかったか」

「いえ。特に何も」

ふん、と化野は不機嫌そうに鼻を鳴らす。

「あ、でも」

「なんだ」

「いえ。何も」

ふん、とわざわざ同じ強さで鼻を鳴らして背を向ける化野に、巡森は思い切って告白する。「すみません、やっぱり聞きました！　余計なこと！」

「だろうな。そう顔にロシア語で書いてある」

「化野さんが体調を崩したの、自分でバケモノ使ったからだって。で、それは、手が……バケモノだからだって」

「そうか」

意外なほど淡白な反応だった。「まあ、そういうこった」

「あの。もしよかったら、もうちょっと詳しく聞きたいっていうか……いや、もちろん、話したくないならいいんですけど。どうしてもなんて言いませんけど」

「詳しくも何も、今お前が言ったことそのままだ。俺の中でバケモノ同士が喧嘩する感じなんだろう、おそらく、よく分かんねえけど」化野は相変わらず少しの構えもなく話をする。「今どき珍しいことでもないだろ」

「今どきでも昔どきでも聞いたことないです」

そう言ったあとで巡森は斜め下を向いて、「すみませんでした」と唇を尖らせた。

「私のせいですよね。穴に落ちた私を助けるためにバケモノを使ったから」

巡森が工事現場の穴に転落したとき、化野は緑の毛に覆われたイルカみたいなバケモノに乗って助けに来た。あのとき化野は誰かに貸し出すのではなく自分でバケモノを呼び出したのだ。それで、その直後に白髪になって倒れた。

「別にいいさ」

「私を助けるために、そんな、ひどい髪型になって」

「色が変わったんだ。型はそのままだ」

化野は咳をしながら、和室前の廊下に置かれた長式台に腰を下ろし、紙袋から茶色い瓶を取り出す。大きさや形はワインボトルと同じだ。コルクを抜くとラッパ飲みをしはじめ、そうかと思うとすぐに口を離して「まっず」と顔を顰めた。その後もグイッと飲んでは休んで、「ああ、不味い。ちくしょう」「冗談じゃねえ」などと誰にともなくぼやいた。「なんなんだ、この味は。クソッ」「あ……おぅっ、おぅぇっ」

巡森は苦しそうな化野を介抱するでもなくただ黙って見ていた。より正確に言えばその頭を見ていた。瓶の中身が減るにつれ、白くなっていた化野の毛髪が根元から徐々に黒色を取り戻しはじめたのだ。そして最後まで飲み干すと化野はすっかり元通り、ただの怪しい男になった。

化野は口元を拭いながら立ち上がる。そして廊下の奥の鉄扉を目で示しながら「四日目だな」と口にする。

「そうですね」

「今日は俺も行く」

そうしてふたりは鉄の扉の前に立つ。彼女のもとへ向かうために。

*

扉の向こうへ入っていくと生活臭に包まれる。そこはアパートの一室で、風呂場のドアから出てきたふたりは廊下を通り、リビングに入る。右側の壁際にベッドが置かれている。そしてベッドの上には水原の身体が横たわっている。

ここは彼女の自宅——京成線沿いにある、一階部分が空手道場になった賃貸アパートの一室だ。

彼女は三日前、巡森がはじめてこの部屋に連れて来られたときからずっとベッドで眠っている。その眠りは非常に深く、どれだけ物音を立てても起きそうにない。どれだけ物音を立てても起きないのだと、化野は最初に説明した。

意識に蓋をしたような眠りはバケモノの能力によってもたらされたものだ。寝ている彼女の顔の上にはバスケットボールくらいの球体が浮かんでいる。硬そうで表面には無数の凹凸があり、あたかも小型の月といった風情《ふぜい》だ。化野はこのバケモノを不眠症に悩む水原に貸し出したのだという。

「バケモノに触るなよ」

はじめてこの部屋に来たとき、巡森は化野からそう警告を受けた。

「本人には何をやっても起きないけど、バケモノの方を刺激すると眠りが終わっちまうから」

ベッド脇に置かれた大きな段ボール箱には、注ぎ口のついた銀色のパウチ、脱脂綿、タオル、大人用オムツなどがたくさん入っている。巡森の仕事はこれらを用いて水原が衰弱しないよう世話をすることだった。

巡森は朝晩この部屋に来て枕元に寄り添い、パウチに入った液を脱脂綿に含ませて少量ずつ彼女の口内に伝わせるのを繰り返した。寝ている彼女の服を脱がせて濡れタオルで身体を拭くのは結構な重労働だったが、化野が体調不良なのでひとりでやるしかなかった。

そのあいだ水原は本当に一度も目を覚まさなかった。身体を拭くために転がしたり四肢を持ち上げたりしても、部屋の明かりを点けても、試しに話しかけても、これといった反応を見せず眠り続けていた。ただし夢は見ているようで時折、寝姿に変化が見られた。恐ろしそうな顔をしたり、苦しそうに腕や脚を動かしたり、勢いよく寝返りを打ったり——。ただし途中からは両手の指だけが動くようになった。どんな夢を見ているのか、その指の動きはまるで間欠的な痙攣《けいれん》か、あるいは凍えのようでもあり、巡森はそれを見るたびに心配で、どうしてか悲しい気持ちにすらなった。

「ちゃんと仕事してたんだろうな」

　化野が部屋を見回しながら言う。

「もちろん。でも今更ですけど、いくら不眠症で悩んでるからって何日も眠らせ続ける必要あります？」

　今回もまた自分には知らされていない化野の奸計が存在するのではないかと巡森は疑っていた。

「いつまで起こさないつもりですか」

　質問しながら、水原の顔の近くを飛ぶ羽虫を手で払う。彼女は小さな月に見守られながら静かに寝息を立てている。羽虫は巡森の手をかいくぐって水原の鼻先に止まったあと、さらに真上へ飛んでバケモノの月面へと着地した。

「あっ」

　バケモノに触るなと化野から厳重に警告されていた巡森は、羽虫の狼藉《ろうぜき》を見て慌てた。が、手で追い払うわけにもいかず、「ちょっと何してんの！」と虫に向かって大真面目に叱りつけるという異常行動を取りながら前のめりになり、ベッドの縁に脛《すね》をぶつけて倒れ込んだ。

「うわっ」と声を上げながら、水原にのしかかるまいと咄嗟に縋るものを求めた腕はバケモノを捉え、浮かんでいるだけの月は当然なんの支えにもならず、結局巡森の身体はそのまま傾いていって、抱えたバケモノを壁に叩きつけるような格好でようやく止まった。しかも水原の右手を膝で踏んでいた。

「何やってんだ特大馬鹿」

「す、すみません」

慌てて起き上がろうとする巡森の下で、水原の身体がもぞもぞと動く。さらに呻《うめ》くような声も聞こえる。

「ごめんなさいっ。どうしよ、どうしよ」

巡森は焦るが、化野は腕を組んで「いや」と呟く。

「もう起こすつもりだったから別にいい」

「あ、そうだったんですか……」

水原が枕の上で悶えるように首を振り、やがて薄く目を開ける。窓外に見える空は雨雲に覆われてほとんど夜のように暗く、室内にも照明などは点けていないが、それでも彼女はひどく眩《まぶ》しそうだった。

しばらく経ってから彼女は頭を持ち上げた。肘を突き、そのまま起き上がろうとする。だが身体が痛むのか、短く声をこぼした。何日も眠り続けたせいで関節周囲の筋肉が硬くなったのだろう。巡森は手を貸そうと近寄った。しかし、そこでようやく水原は自分以外の存在に気がついたらしく、怯えたように息を呑んで硬直した。いまだ完全には開き切らない瞳で巡森と化野を順番に見ながら、辛うじて上体を起こし、それから部屋のあちこちへ視線を泳がせる。意識が朦朧としているらしく、その泳ぎもひどく鈍い。

彼女は青白く乾燥した唇を開き、何か言おうと息を吸う。だが言葉は出ず、代わりに浅い咳が連続した。

「誰、ですか……」

ようやく発せられた、その声は掠れていた。

「俺だよ。覚えてないか？」

化野が言うと、水原は明るさに慣れはじめた目で改めて彼を見つめる。それでようやく判別ができたらしく「あなたは……」と呟いた。

「あのときの……。なんで――」

それから先に続く言葉はなかった。彼女は口を噤《つぐ》んだ。上手く働かない頭で懸命に何かを考えているのが傍《はた》から見ていてもよく分かった。その思考の先にある答えを恐れるように眉間には不吉な皺が寄っている。

誰も口を開かなかった。

　静けさの果てに水原は布団を強く握り締めて俯いた。ギシギシと氷の軋《きし》むような音がして、横目で見ると球体のバケモノが先刻よりふた回りほども大きくなっている。巡森は水原に声をかけようとしたが躊躇い、化野に視線を送った。

「四日ぶりの現実はどうだ」化野が静かに言う。「目覚めの気分は」

「嘘でしょ、そんな……」

　水原の声はほとんど吐息に近い弱さだ。唾を飲み、彼女は左手で胸を押さえる。心臓がこぼれ落ちるのをとどめるみたいに。「……どうして」

「バケモノを貸しただろう」

「……それは、夢――」

「違う。そこまでが本当のこと。そこから先がすべて夢だ」

　水原は唇を噛む。背中を丸め、引き寄せた布団に顔を埋《うず》める。すぐそばでバケモノがまたギシギシと音を立てる。

　長いあいだ同じ姿勢で彼女は固まっていた。ようやく布団をどけ、強張った関節と衰えた筋肉で、自らの身体を重荷のように扱い、ベッドの端に座って床に足を置いたとき、その顔はむしろ四日間眠らずに歩き続けたかのように憔悴していた。

彼女はそこでようやくバケモノの存在が目に入ったらしく、「これは」とぼんやりした声で問うた。

「バケモノです」

そう答えた巡森に彼女の視線が移る。「私は化野さんの助手です」

「そう」

どちらにも興味がないらしい。彼女は右手に目を落とす。

「ごめんなさい。さっき膝で乗っかっちゃって」

大丈夫ですかと訊く巡森の言葉も耳には入っていない様子だ。手元を見つめたまま彼女はまた動かなくなってしまう。

ただただ心配で水原を見つめる巡森の横で、化野がポケットに突っ込んでいた手を抜いた。そうしてテレビの方へ歩いていき、置いてあったリモコンの停止ボタンを押すと、台に収納されたレコーダーからＤＶＤを取り出した。

例によってバケモノは一切の痕跡を残さずに消える。

さらさらとした弱い雨が窓を濡らしている。

顔を俯けたまま水原は、

「小説を書いてたんです」

そう言った。

「夢の中でずっと」

そして自らを諭すみたいに丁寧な瞬きをする。

「それが、私の夢だったんですね」

水原の部屋の棚にはびっしりと本が詰め込まれている。連日この部屋に通っていた巡森は「読書が趣味なんだな」といった程度にしか思っていなかった。だが今、彼女の言葉を聞き、そして言い終えた彼女の目から落ちる涙の量を見て理解した。眠りながら動いていた彼女の指先の意味を。あれは夢を繰り寄せる営みだったのだ。

夢の中にもうひとつの人生があった。

一日、一秒、一文字を積み重ねていた。

それらが今すべて、なかったことになった。

その虚《むな》しさを想像すると、巡森の腕には薄く鳥肌が立った。

「何があったか知らないが夢は夢だ。もう戻らない」

化野はパウチや成人用オムツの余りを段ボール箱に仕舞いながら淡々と話す。

「これからお前はどうする。会社に連絡して無断欠勤を詫びるか」

水原はすぐには答えず、四日分の寝癖がついた髪に指を入れてくしゃくしゃと掻き乱したあとで、「会社か……」と脱力し切った声で呟いた。「どうしよう」

彼女に何かしてあげたい。そんな気持ちが巡森の胸に湧くが、実質初対面の相手にかけるべき言葉すら上手く浮かばなかった。

水原はなんとかひとりで起立すると、シャワーを浴びると言い、壁に手を突きながら時間をかけてリビングから出ていった。化野はローテーブルに請求書を置き、段ボール箱を持ち上げる。

「行くぞ」

ふたりは部屋をあとにした。縦に並んでアパートの階段を下りた。

「扉、使わなくてよかったんですか」

「あいつが風呂入っちまったから接続が切れた」

「これで終わりですか。水原さん、すごく落ち込んでましたよ」

「気のせいだろ」

「どうしてそこまで他人に対して無責任になれるんですか」

「秘訣を教えてほしいか」

「なりたくて訊いてるんじゃないです」

建物から出て駅の方へ歩いていく。

「あの丸いバケモノ、成長してましたね」

巡森は思い切ってその話題を口にした。

「気のせいだろ」

「誤魔化さないでください。それが化野さんの目的なんですよね。水原さんを失望させたかったんでしょう」

「鋭いな」

化野は歩きながら雨の夜空を見上げた。「ちょっと面倒なくらいに」

「本当のことを教えてください」

「名探偵グリモのご推察通りさ」

やれやれ、といった感じの息が彼の唇から漏れる。

「遠ざけておきたい感覚。味わいたくない気分。ネガティブな感情。バケモノはそんなものを吸って育つ」

「やっぱりそうだったんだ」

すでに蔵金谷からも聞いたことだったが、化野本人に言われたことでその事実が揺るぎないものになる。

「ショックか？」

「別に。悪い人だと最初から思ってましたから」

「名探偵にあるまじき決めつけだな」

本当はもっと訊きたいことがある。けれど妹の話には気軽に踏み込むべきではないということくらい巡森にも分かっていた。だから代わりに空疎な質問をしてしまう。

「化野さんは、この仕事辛くないですか」

「辛いけど世の中のために頑張るのさ」

世界一空疎な答えを寄越して、彼は珍しく口笛を吹いた。

＊

はあぁぁー……、と腹の最深部から溜息がガスのように吐き出される。

バケモノを成長させることが目的だという予想が的中してしまったことで、巡森はすっかり沈鬱な気分に支配されていた。

遠ざけておきたい感覚。味わいたくない気分。ネガティブな感情。

悲しみ、苦しみ、喪失感、罪悪感、恐怖、絶望……。

嫌悪、後悔、怨《うら》み、怒り、屈辱感……。

　甘言を弄して困り人に近づき、金を取った上で、そういった闇を利用者の心に作り出す。非道だ。あまりにも罪深い。憔悴した水原の表情を思い出すと心が痛む。なぜなら自分もその非道に加担していたから。次にまたレンタル利用者が現れたとき、助手として今までと同じように働けるだろうか。とてもそんな気がしない。

　水原の一件があった次の日、巡森は大学からの帰宅途中コンビニに寄ると、すさんだ気分に任せてスナック菓子やらジュースやらを考えなしにカゴに放り込んで肉まんも注文した。そうして会計をしているとき不意に、「こんにちは」と斜め後ろから声がかかり、ぬっ、と驚いて息を詰まらせながら振り向くと、学生服を着た少年がそこにいた。

「あ。澤井さんトコの」

「お久しぶりです」

　ラーメン屋「楽鬼」の息子だ。彼は軽く頭を下げながら「このあいだは、ありがとうございました」と控えめな笑みを浮かべた。

　巡森は大量の買い物を恥じつつ会計を済ませ、彼とともに店の外に出た。

「どうぞ」

　店先の灰皿から少し離れた所で、薄茶色のビニール袋から出した肉まんを半分に割って差し出す。彼は遠慮しながらも受け取って、湯気の立ち上る断面に息を吹きかける。そして食べるあいだ「楽鬼」の近況を報告した。客席に福神漬けを置くようにしたところ好評を博し、少しずつ客足が戻りはじめているらしい。

「巡森さんと化野さんのおかげです。あのときは失礼なこと言ってすみませんでした」

「全然いいよ。私がきみでも、きっと似たような怒り方したと思うから」

「父ちゃん、あれから妙に張り切っちゃって、最近ずっと新メニューの開発とかしてるんですよ」

「へえ」

「ずっと昔にも、占いか何かで店を救ってもらったことがあるみたいなんですけど、今度こそはただのラッキーで終わらせねえぞって、二度も他人様《ひとさま》に助けられたんだから、あとはもう自分の力でどこまでも行くしかねえって、いきなり暑苦しく宣言して」

そのときの様子を思い返しているのか、彼は話しながら小さく笑う。やがて半分の肉まんを食べ終えると、予備校に行くと言って巡森の隣から離れた。

澤井も、あの息子も、ちゃんと自らの望む方へ爪先を向けている。不安もあるのだろうが、「それでも」と力強く明日へ進んでいる。そんなひどく漠然とした印象を抱きながら巡森は、しばらくのあいだ気抜けしたようにその場で固まっていた。

一旦家に帰ってから「もんすたぁ♡」に出勤すると、珍しく客が来たが何も借りずに出ていき、いつも通り退屈してスマートフォンを手に取った。すると何気なく目を滑らせていたネットニュースで、年末の国民的歌番組の出場者決定という記事があり、そこに早坂の名前を発見した。

「すごい」

ひとりごちて、なぜか急いで画面を消し、トイレに立つ。戻ってくるとき、廊下の奥の鉄扉を見て立ち止まった。

昨日まであの扉は水原の部屋に繋がっていたのだ。今、彼女はどうしているだろう。どんな気持ちでいるだろう。吸い寄せられるように扉へ近づく。ノブを握り、開けてみる。そこにはただコンクリートの壁がある。

扉を閉めて和室の化野に声をかけた。

「私、ちょっと出かけてきます」

「どこに」

「水原さんのところ」恐る恐る口にする。

すると化野は意外にも「ちょうどいい」と許可をくれた。

「レンタル料、貰って来い」

仕事を任されたので堂々と店を出て、電車で八千代台《やちよだい》まで行き、水原のアパートの階段を上る途中で本人とばったり出くわした。

「あ。昨日の、助手のひと」

彼女は階段の上で軽く会釈をした。

「いま、お店に向かうところだったんですよ。支払いをしに。ちょうど良かった」

部屋に上げてもらうとレンタル料の会計をまず済ませ、そのあとで巡森は昨日までのことを話した。水原が眠っているあいだ自分が部屋に通って世話をしていたことを。

そうだったんだ、とだけ水原は言った。

「あの、お仕事の方は大丈夫でしたか」

「クビにはならなかったですよ、一応ね。処罰はありますけど。始末書と、五日間の出勤停止です」

またお休みですよ、と彼女は苦笑いをする。

「それより会社から連絡受けた両親にこっぴどく怒られたのが大変でした。もうちょっとで警察に相談するところだったって」

「そうですか……」

巡森は視線を落とした。それに気づいた水原が慌てたように「大丈夫ですよ」と手をひらひら動かした。

「あなたが気に病む必要なんてないですから。なんとも思ってない……わけではないけど、あなた達のこと、恨んでなんかいないです。怒ってもない」

「でも」

「私、ネットで小説書いてるんです。趣味で。夢の中でも書いていて、上手いこと作家になれたんです。――それで目が覚めて、よく分かりました。私、プロの作家になるのが夢だったんだって」

だから目覚めたとき、あんなに悲しかったんですよね――彼女は独り言のように静かに呟く。それからスイッチを切り替えたみたいに明るい声になって「それでね」と続けた。

「その夢に本気で挑もうかなって思ってるんですよ。趣味じゃなくて、本気で」

四日間眠り続けていた彼女の身体は痩せ、頬の肉も落ちている。それなのに瞳は精彩に満ちている。言葉の端々まで意気が通っている。

「実はここ何ヶ月ものあいだ思うように書けなくて悩んでたんですけど、今はもう書けます」

「どうして、ですか」

「笑われちゃうかもしれないけど、夢の中で私はたしかにすべての心情を、台詞を、風景を自分の頭で考えながら自分の指で書いてたんですよ。たかが夢、だけど、夢だからこそ、そのすべては私の頭の中にある。私の頭はこの作品を完結させることに一度は成功してる。それを思い出しながら、今朝から書きはじめたんです」

そんなことが本当に可能なのだろうかと巡森は疑わしく感じるが、水原の口ぶりは確信に満ちていた。

「あの夢を辿っていけば、いつか夢に届く」

「よかった、ですか」

巡森は躊躇いがちに尋ねる。「これでよかったと思えてますか」

「そう思うために書きはじめました」

「私に何か手伝えることはありませんか」

水原は少し困ったように視線を泳がせたあと、「応援しててください」と微笑んだ。やはり自分にできることなどないのか。そう感じた巡森が俯く前に水原は察して「じゃあひとつ」と人差し指を立てた。「お願いしてもいいですか」

「なんなりと」

「今書いてる作品をネットに掲載し終えたら、改稿して新人賞に応募する予定なんですけど、締め切りが三日後なんです。ギリギリ間に合うかどうか……というところで。それで、もしかしたら寝ちゃってるかもしれないから、三日後の夕方に電話で起こしてもらえると助かるんですけど」

「お安いご用です」

巡森は必要以上に力強く頷き、水原の電話番号をスマートフォンに登録した。

＊

いくら電話しても出ない。

三日後の締め切り当日、巡森は水原から頼まれた通り夕方に電話をかけた。しかし何度かけ直しても一向に繋がらない。どうしたのだろう。最初に電話したのが三時半で、今はもうそろそろ五時になろうかという頃だ。

いても立ってもいられず、講義を終えるとすぐに彼女の家に向かった。八千代台駅からアパートまで早足で移動するあいだ、化野に電話で事情を説明し、バイトに遅刻することを伝えた。

「そんなくだらない用事で遅れるつもりか。お前は仕事をなんだと思ってる」

「くだらなくないですよ。化野さんが水原さんにひどいことしたから私がフォローするんです。それが私の仕事です」

「勝手なこと言うな。お前の仕事はなるべく大きな柿を拾って俺に届けることだ」

「自分で拾えばいいじゃないですか」

「とにかく余計なことすんな。どうせお前なんか何をやったって失敗するんだ」

「なんでそんなひどいこと言うんですか」

巡森は憤りに任せて電話を切り、さらに早足で進んだ。

アパートに到着して水原の部屋のインターホンを押す。しかし危惧していた通り、反応はなかった。再度電話をかけても繋がらない。仕方なく玄関扉越しに呼びかけながら、はじめは遠慮がちに、やがて力強くノックしていると、室内からゴトゴトと音がして勢いよく扉が開き、くしゃくしゃの髪の水原が顔を出した。

「すみません巡森さん！」

起き抜けであることの明確な証として頬に赤い線がついている。

「思ってた三倍くらい寝ちゃいました」

「それじゃあ作品は……」

「ピンチです」

水原は扉を大きく開き、「とりあえず、どうぞ」と巡森を招き入れた。

部屋の空気は淀んでいた。カーテンは閉めっぱなしで照明が点いている。ローテーブルの上には四つのカップがあり、それぞれに違う色の飲み残しが入っている。作業用デスクの上でパソコンの電源は点いたままで、文書作成ソフトのウィンドウがふたつ並んで開いていた。

「巡森さんが来てくれなかったら、いつまでも寝てましたよ」

水原は苦笑いしながら、熱いコーヒーの入ったカップを差し出した。

「すみませんが、遅くまでやってる郵便局を調べておいてもらえますか」

それだけ言うとすぐに作業用デスクに向かった。目をこすって「よし」と呟き、執筆に集中しはじめる。巡森はもはや声をかけることもできず、ただ黙って彼女の背中を見つめた。

ほんのわずかな休憩すらも挟まれることはなかった。特にその必要はないと分かっていながら、巡森は作品の完成をその場で待った。不思議と退屈はしなかった。ずっと水中で息を止め続ける超人を観ているみたいに、まんじりともせず彼女の集中を見守った。

水原が応募原稿を完成させたとき、すでに時計の針は夜の一一時を回っていた。

「できたあ！」

椅子から立った彼女は巡森の姿を見て上体をビクッとさせた。

「待っててくれてたんですか？」

「急ぎましょう。一二時まで窓口を開けてる郵便局があります」

「あっ、え、もうこんな時間なの？」

大慌てでコピー用紙に必要事項を記載して原稿とともに綴じ、茶封筒に宛先を書く。水原がそれらの作業をしているあいだに巡森はタクシーを呼んだ。

ふたりはしきりに時計の針を見て、そのたびにわーわーと慌てふためき、ようやく準備が整うと部屋を飛び出してタクシーに乗り込んだ。

最大限運転手を急かし、通りかかるすべての信号に一喜一憂した。郵便局の建物がフロントガラスの向こうにようやく見えたとき、同時に前方で赤信号が灯った。唇を噛んでその赤を睨む。そして時計を見る。無情にも時刻は一二時を越えていた。

それでも、と無言のまま思う。急げばまだ窓口が開いているかもしれない。そう願うしかなかった。タクシーは郵便局の直前で再び信号に捉《つか》まる。

「ここで降ります」と巡森は声を上げた。この距離であれば走った方が早いと判断したのだ。「私が払っておきますから、水原さん行ってください」

「ありがとう」

水原は勢いよくタクシーを降りた直後、シートの上に原稿を忘れたことに気づいて取りに戻り、今度こそ窓口を目指して走りだした。

巡森も急いで会計を済ませて降車する。そして走りはじめてすぐ、道の先でうずくまっている水原を発見した。

「どうしたんですか」

その背中へ駆け寄っていく巡森に、水原は土下座に似た姿勢のまま「貧血」と簡潔かつ切実に訴える。

「お願い、巡森さん」水原は原稿を巡森の胸元に押しつけた。

抱きしめるようにしてそれを受け取る。そして眦を決する。

これは私に託された水原さんの「想い」そのものだ。化野さんが蔑ろにした「想い」を然るべき所へ届ける。これが私の仕事だ。

そう息巻いて巡森は駆けた。しかし、ひとりの善良な大学生がどれだけ意気込んだところで営業時間を過ぎれば窓口は閉まる。格子《こうし》状《じょう》のシャッターが掛かり、さらに内側にはカーテンが引かれた窓口を見て、ひとりの善良な大学生は落胆する。

「ダメだった……」

当然のことだ。タクシーの中で一二時を越えた瞬間に勝負は終わっていたのだ。熱くなっていた頭が急速に冷めていく。だが水原の失望を再び目の当たりにするのかと思うと堪らなくなって、

「すみませーん！」

無駄だと分かっていながらシャッターの向こうに声を投げた。と、少しの間も置かずにカーテンが開き、ひとりの郵便局員が姿を見せた。

奇跡だ。一瞬だけ巡森はそう思った。

しかしその男性局員の顔が異常なまでに不機嫌そうであり、頭が異様にもじゃもじゃであることをすぐに認め、彼が郵便局員でないことに気づいた。

「何してんですか」

「俺が郵便屋の制服着てるくらいで今更驚くな」

「服じゃなくて。なんでこんな所に」

「別にいいだろ。ひとの趣味に口を出すな」

「これが趣味なら口出しせざるを得ませんよ」

「水原はどうした」

「あとから来ます」

「それが例の小説か。なんとかしといてやるから寄越せ」

　窓口は格子状のシャッターに遮られている。横の扉から出てきた化野に、はじめは躊躇したが結局、原稿を預ける。彼は中に戻り、郵便物の重さを量ると封筒に切手を貼ってその上に消印を押した。

「これで問題ない」

「問題……」ないとは思えない。主に法的な面で。しかし巡森は口を噤んだ。

「あいつには俺のこと話すなよ。運よく間に合ったことにしとけ。あと店のトイレットペーパーがなくなりそうだから買い足しとけ。とっとと帰れ」

　早口で色々と一方的に言い、化野は乱暴にカーテンを閉めた。

「巡森さん」

　背後から声がかかり、振り返ると離れた所から水原がよろめきながら駆け寄ってきていた。巡森は両腕で大きな○を描き、間に合ったことを伝えながら、そちらへ歩いていく。

「ホントに？　よかったあ」

　水原は膝に手を突いて安堵の息をついた。晩秋の夜気にその息は白く流れる。

「大丈夫ですよね」

しばらくして垂れていた頭を持ち上げた彼女は、遠い月を見上げながら、

「夢じゃありませんよね」

そう呟いた。

かすかな怯えがその声の裏に含まれているのを感じ取り、巡森は胸が締めつけられるような思いがした。だから彼女の両肩に手を置き、優しく笑った。

「大丈夫」――大丈夫ですよ、と繰り返す。「帰りましょう」

「はい」と答えた直後に水原はくしゃみをし、自分でも意外なほどの大きさだったのか「おぉ」と目を丸くした。そして鼻を啜り、目元を拭いながら、

「うどん食べて帰りましょう」

まるで同い年の友達みたいに笑った。

*

落選。

泉原牛子の作品は二次選考を通過できなかった。

出版社のサイトに結果が掲載されてから半日後の真夜中、水原は自宅近くの小さな

公園のベンチに座り、スマートフォンでそれを見た。わざわざ外に出たのは、あまりに緊張していて部屋の中では息が詰まってしまいそうだったからだ。最終選考に残った作品は数が少ないため、そのリストに自分のペンネームがないことは一瞬で分かった。気管がギュッと狭まるような苦しさを覚えながら、画面を下に移していくと一次選考通過作品のリストに『高天原ジェットゴースト』を発見した。

これが現実。

あっけなく、身も蓋もない現実。

残酷でも特別でもない。当たり前のようにやって来て、ただ夢とは違う形をしている、それだけだ。一度眼前に晒されてしまえば変えようがない。目が覚めてなかったことになる、なんてこともない。

画面が表示されたままのスマートフォンを握り締めながら、深く俯き、やがて自らの腕の中に顔を埋めた。そしてダウンコートの袖にぴったりと押しつけた口で、同じ言葉を何度も繰り返す。大丈夫、大丈夫、大丈夫。片方の手を胸に当てる。

「大丈夫」

火は消えていない。

そのことを自分自身に強く確かめる。悔しさで心は占められているけれど、冷めてしまったわけではない。次こそ、と思える。涙が流れないのがその証拠だ。

また新しく書けばいい。

狂った牛のように、滅茶苦茶なステップで突き進んでいく。

その覚悟ができて、顔を上げたとき、水原はむしろ爽快な気分だった。

*

泉原牛子落選の結果を受けて、凹んでいたのはむしろ巡森の方だった。プロを目指すと宣言したときの水原の瞳に宿った光を見て、巡森はそれが早々に実現するとすっかり信じ込んでいたのだ。けれど実際はそんなに簡単ではなかった。

水原のことが心配だった。

スマートフォンを取り出すが電話すべきかどうか悩む。声をかけたいが、そっとしておいた方がいい気もする。その折衷のつもりで電話ではなくメッセージを送った。するとと意外なことに夕食に誘う返事が来て、バイト終わりに駅前の洋食店で待ち合わせた。

「選考結果は見たんですよね」

彼女はワインをひと口飲んでからその話を切り出した。

「ええ。残念でしたね」

「残念です」

ちょっとしたアンラッキーを振り返るような口調だ。白いニットを着た彼女の前にハンバーグが運ばれてくる。慌てて紙エプロンをつける様子を見ながら、そこまで気落ちしているわけでもないのかなと巡森は少し安心する。

「今日は会社からの帰りだったんですか」

「辞めちゃいました」

水原は微苦笑を浮かべながら、あっさりと答えた。オムライスを掬おうとした巡森のスプーンが止まる。

「辞め、ちゃったんですか」

「実際にはまだ退職願を出しただけなんですけどね」

水原のナイフはスムーズにハンバーグを切る。

「でも、なんでそんな急に」

「専念したいんです。今回は最終選考にも残れなかったけど、これで終わりとは少しも思ってないので。私はこれまでよりもっと、よく書けるようになる。そんな気がしてて、でもそのためにはとことんまで小説に奉仕しなくちゃいけない。そして私は勤めながらそれができるほど処理力の高い人間じゃないから」

「大丈夫なんですか」

「いくらかの貯金はありますし、近いうちに実家に戻るつもりなので」

でも、と返そうとして巡森は呑み込む。これ以上言えば水を差すことになる。彼女の覚悟に対して、易々と口出しできる立場にないことを自覚していた。

水原は肉とパンを休まず口に運び、ワインもどんどん飲む。最後に会った日よりもかなり顔色がよく、まして四日ぶりに目覚めたときと比べれば別人のようだ。

私に何か手伝えることは——そんな考えがほとんど癖のような速さで脳裡をよぎるが口にはしなかった。

食事を終えて店を出ると、外は雪でも降りそうなくらいに寒く、ふたり揃って肩を縮めた。一二月の半ばとあって、駅前や商店街のあちこちに賑やかな飾りつけが施されている。

駅へ続く信号の前でふたりは別れの挨拶をする。この信号が青に変わって、水原が背を向けて歩き出したら、もう二度と会うことはないかもしれない。なぜか巡森はそんな予感がして、寂しいのに、「頑張ってください」と月並みな言葉しか吐けなかった。

信号が青になる。待っていた周囲の数人が動き出す。

そんなタイミングで水原は、「色々とありがとう」と真っ直ぐな瞳で言った。

巡森は首を横に振る。

「お礼を言ってもらうようなこと、何もしてません」

「たくさんしてくれましたよ。夢を思い出させてくれた。衝動を蘇らせてくれた。一緒にドキドキしてくれた。あなたのような優しいひとがいるんだって知れることは、それだけで、ものを書こうという人間にとって救いです」

強く否定したかった。照れ臭さよりも罪悪感で視線が斜め下に落ちる。青信号が点滅しはじめる。またね、と最後に残して水原は小走りで離れていく。

彼女の姿が駅の構内に消えていくのを見届けてから巡森は踵を返した。冷たい手をコートのポケットに突っ込んで、商店街をとぼとぼ歩く。

これでよかったんだろうか。

頭の中を巡るのはそんな思いだ。

会社を辞めるなんて只事じゃない。大きなリスクを伴う選択に違いない。今回の落選が教える通り、作家になるのはそれほど簡単なことじゃないだろう。何度チャレンジしても報われない可能性だって充分ある。それなのに飛び込んでいった。彼女自身はポジティブな気持ちなのかもしれないが、巡森は心配だし、負い目を感じもする。あのとき、水原の夢を応援したい一心で原稿の応募を手伝ったことが、結果として彼女の無茶な決断の後押しになったんじゃないか。

そんなふうに考えながら大学の前を通り過ぎ、住宅街に入り、そして自然と「もんすたぁ♡」の戸を開けていた。真っ暗な店内を通過して、土間廊下を進み、明かりの点いた物置部屋の入り口に立つ。部屋の中央付近で化野が段ボール箱に座って分厚い書類の束を忙《せわ》しなく繰っている。

「急にそんな所に立つな」彼は顔を上げず、手を止めることもなく言った。「口から心臓って言葉が飛び出るだろ」

「水原さんと会ってきました」

「そんなやつもいたな」

「この前の新人賞、落ちちゃったんですよ」

「知ってるよ」

「会社に退職願出したって言ってました」

「よくあることだ。こんなに寒いし、会社のひとつやふたつ辞めたくもなるだろ」

「これでよかったんでしょうか」

　ここまでの道中で考えていた色々なことを巡森は話した。世界で一番話しても無駄なはずの相手に。

「いかにも愚森が考えそうなことだな」

　化野は書類の束を脇に置いて、目頭に指を当てる。

「でもそれはお前が辛気臭い顔をする話じゃない。選択したのはあいつで、責任を負うのもあいつで、その覚悟をしてるのもあいつだ。それにお前が何を手伝っても何も手伝わなくても、遅かれ早かれあいつは似たような選択に行き着いてたはずさ」

「そうでしょうか」

「俺が言うんだから間違いない」

　彼は床に置いてあったマグカップを持ち、咳払いしながら立ち上がった。そして部屋の隅のコンセントに繋がった電気ポットからお湯を注ぐ。

「前にバケモノの成長について話したよな」

「ええ。絶望がバケモノを成長させる」

「それは嘘じゃない。でもそれだけじゃない。人間も絶望を経て強くなる」

　化野は熱い湯を口に含む。

「一度希望を失うことで、人は自分にとって本当の希望が何かを知る。もちろん誰でも、どんなときでもってわけじゃない。だから俺は利用者を調べるし場合によっては選ぶ」

アイドルとして輝く早坂。店を復活させようと奮闘する澤井。小説家を目指して動きだした水原。一度は打ちひしがれ、だが決してそのままで終わらなかった、立ち上がり、前へ進んでいった人達の横顔や後ろ姿を巡森は思う。

絶望が彼らを強くしたのだろうか。

「失って、傾いて、転びそうになりながら進んでいくのが必要なこともあるんだ」

意外だった。こんなことを考えながら彼はずっと仕事をしてきたのだろうか。

「絶望が希望の理由になる。何を失っても人生は続く。いい方へ変わっていけると信じるのは罪じゃない」

決して罪ではないのだと、まるで自らに諭すような、小さく切実な声だった。彼の視線は両掌に落ちながら、その向こうにある遠い日の景色を眺めているかのようで、ほんの少しだけ悲しそうだった。

その表情に巡森は、はじめて彼の本当の顔を見た気がした。言葉もそうだ。いま彼が話したことはきっと嘘でも戯言でも無駄話でもない。そうか、と思う。この人も人間なんだ。当たり前の事実だが、ようやくちゃんと腑に落ちた。

母親の腹から生まれ、産声《うぶごえ》を上げた。

子供時代があった。学校には行ったのだろうか。

恋はしたのだろうか。なぜこのような怪人になったのだろう。

どんな経験が今の化野を作ったのだろう。

考えれば考えるほど、この男について自分が何も知らないのだとはっきりする。

「化野さんも絶望を経て強くなったんですか」

そう訊いた途端、化野はいつもの面倒臭そうな顔に戻って「さあな」と返した。

「もう話はいいだろ。とっとと帰れ。仕事の邪魔だ」

化野に肩を押されて巡森は部屋の外に出る。けれどまだ心残りがあった。蔵金谷から聞いたことが頭の奥で揺れていた。妹がバケモノになってしまう。そのことの真相について巡森は訊きたかった。だがそれはあらかじめ禁じられた問いであるようにも思われる。

「じゃあな」

普段は常に開放されている扉を化野はわざわざ閉めようとする。巡森はなんの決心も固まらないまま、反射的に身体を挟み込んだ。

「おい」

「化野は家族いますか！」

「何いきなり呼び捨てにしてんだ。でかい声で」

「すみません、つい、間違えて……」

「もういい。お前は相当参ってる」

早く寝ろ、と言って化野は今度こそ扉を閉めてしまった。

自分の図々《ずうずう》しさと間抜けさを恥じながら土間廊下を引き返す。和室の前を通るとき、障子の隙間からホタルが頭だけをひょこっと覗かせた。屈んで障子を開け、理由もなく抱き上げる。嫌がることも多いが、いまは少しも抵抗しなかった。

そのまま和室に上がって座った。点いているのは廊下の天井から下がるふたつの白熱電球だけだ。橙《だいだいいろ》色の弱い光が和室の畳に薄く敷かれている、その上でホタルは一体どういった気分からなのか、お腹を巡森に見せつけた。そして身体を左右にくねらせた。視線はずっと巡森の顔に向けている。今まで一度だってこんな仕種をしたことはない。そっと触れてみると、そのあいだだけ固まって、手を離すとまたくねくねする。

巡森も横になった。優しくホタルの腹を撫でた。すると偶然、ある発見をした。ホタルは腹までサバトラ柄だが、その中にひとつ、小さな白い点があったのだ。

「あぁ」

そうか。

だからホタルなんだ。

この小さな白い点が化野の目には蛍のように見えた。

きっと薄暗い部屋で、ひとりで見つけたんだろう。そして一度だけ、ためしに呼んでみたに違いない。そのときの様子を想像しながら、冷たい畳の上で、巡森はいつの間にか眠りに落ちた。

＊

それから数日後のこと。

「まずいことになった」

奥の部屋で電話をしていた化野が店の方にやって来て、言葉の割に別段いつもと変わらない調子で言った。

「どうしたんですか」

「市有地の転貸が問題になってるらしい」

「それって、つまり、ここのことですよね？」

「イエス」

どうやら化野と裏取引をしている団体からの電話だったらしい。

「どうなっちゃうんですか」

「まずいことになる」

彼はパイプ椅子に腰を下ろし、ノートパソコンを開き、しばらくして「ん」と納得したような、不満があるような、腹が痛くなったような、よく分からない声を出し、それから「おめでとう」と巡森の方を振り向いた。

「九〇万円に達したみたいだ」

「はい？」

「お前が今まで働いた分の給料だよ。これで借金は完済だ」

巡森は見えない壁にぶつかったような感じがした。どう返事をすればいいか、どう思えばいいかすら分からず、ただ目を丸くした。

「じゃ、ちょっと出かけてくる」

「え。待ってください」

「いや、待たない。俺は麻多内《またない》村の出身だから待たない」

「そんな冗談言う暇あるなら待ってくださいよ」

「話があるなら帰ってからにしろ」

そう彼は言った。

しかし二度と帰って来ることはなかった。

その日を境に化野は忽然と姿を消した。

エピローグ

化野がいなくなって二週間が経つ。

電話をしても繋がらない。

同じ一日を繰り返しているみたいに、空はずっと晴れ続けている。

彼が出かけたきり夜になっても帰らなかった日の翌朝、もしまだ戻っていないのならホタルに餌をあげなければならないと思って巡森は店に行き、そして衝撃を受けた。

「もんすたぁ♡」がなくなっていたのだ。

あのいかがわしいネオンサインを掲げた建物が跡形もなく消え去り、舗装されていた地面は、ただ無造作にでこぼこした土に一変していた。裏の雑木林から流れる風が何物にも遮られることなく巡森の前髪を揺らし、ぽかんと開けた口の中を乾かした。

しばらくのあいだ巡森は自転車のブレーキに指をかけたまま固まっていた。いてもたってもいられないような焦りが足の裏からのぼってきて、だが同時に、もともと突然現れたのだから、こうして突然消えてしまうことは不思議であっても不可解ではないのだという諦めのような気持ちも、なぜかあった。

次の日から大学は冬季休暇に入った。

巡森は退屈しなかった。部屋の掃除をしたり、本を読んだり、友達と遊んだり、やることはいくらでもあった。バイトがないのでテレビだって好きなだけ見ることができた。もちろん「もんすたぁ♡」のことを忘れていたわけではない。しかし化野のことだからどうせそのうち突然現れるだろう、という楽観と警戒をこのときはまだ持っていた。

もう本当に帰ってこない、そう悟ったのは彼が消えて五日経った日の朝だ。ベッドから起き上がった巡森はまったく唐突に、化野が別の場所に行ってしまったという可能性に思い至った。というよりそれは、目を逸らしていた現実を、気の緩みから誤って直視してしまった感じだった。

ひとたびその考えが浮かぶと、途端に色々なことへのやる気が失われた。なんだか白けた気分で、自らを取り囲むあらゆる事物の色が急速に冷めた。クリスマスや忘年会に浮き立つ世間を遠く眺めながら、苛々して、不安で、妙にお腹が空いた。

リップクリームを探して鞄の底の方をまさぐったとき、柔らかい感触を覚えて摘み上げると、出会った日に撃ち込まれた指型の銃弾だった。あの日なんとなく鞄に落としたのが、ずっとそのままになっていたのだ。まじまじとそれを眺めて、

「気持ち悪い」

呟きながら、寂しい、と思った。

苛々して、不安で、相変わらずお腹が空いて、少しだけ寂しかった。

大晦日《おおみそか》の二日前、帰省するべく大きめの鞄を持ってアパートを出た。晴れ渡る青空のもと、いつもより人通りの少ない道を駅に向かって歩いた。そして大学の前を通るとき、何気なく柵の向こうに目をやってハッとした。食堂と学生ラウンジのあいだをホタルがトコトコ歩いていたのだ。

巡森は柵に取りついた。どんどん進んでいくホタルの姿が物陰に隠れて見えなくなりそうなので、慌てて鞄を向こう側に投げ、柵を乗り越えた。

ホタルの足取りには迷いがない。あるべき場所へ帰るかのようだ。

完成間近の新校舎にホタルは入っていく。巡森は視界の端に何か映った気がして、建物の前で上を向いた。すると一瞬だけ、屋上に黒いスーツの背中が見えた。鼓動が速まるのを自覚しながら中に駆け込む。ぴかぴかの床の上をホタルは軽快に歩き、階段をのぼっていく。巡森も息を切らしながら追いかけてのぼった。

化野はこの建物で一体何をしているのだろう。考えたが分かるはずもなかった。何しろ化野のやることとなのだ。予想などしようもない。

会って、訊けばいい。

早く会って、今までどこにいたのか問い詰めたい。勝手にいなくなるなんて無責任だと文句を言いたい。心配していたのだと伝えたい。

それらをすべて無視して「遅かったな」と言う、彼の声が聞きたい。

了

朽葉屋周太郎　著作リスト

おちゃらけ王（メディアワークス文庫）
絶望センチメンタル（同）
奇祭狂想曲（同）
かもめ高校バドミントン部の混乱（同）
たいやき（同）
スマッシュエース！（同）
希望《バケモノ》をレンタルしてみませんか？（同）

本書は書き下ろしです。

◇◇メディアワークス文庫

希望《バケモノ》をレンタルしてみませんか？

朽《くち》葉《ば》屋《や》周《しゅう》太《た》郎《ろう》

2018年4月24日　初版発行

発行者　**郡司 聡**
発行　株式会社**KADOKAWA**
〒102 - 8177　東京都千代田区富士見2 - 13 - 3
0570-06-4008（ナビダイヤル）
装丁者　渡辺宏一（有限会社ニイナナニイゴオ）
印刷　株式会社暁印刷
製本　株式会社ビルディング・ブックセンター

カスタマーサポート（アスキー・メディアワークス ブランド）
[電話] 0570-06-4008（土日祝日を除く11時～13時、14時～17時）
[WEB] https://www.kadokawa.co.jp/（「お問い合わせ」へお進みください）
※製造不良品につきましては上記窓口にて承ります。
※記述・収録内容を超えるご質問にはお答えできない場合があります。
※サポートは日本国内に限らせていただきます。
※定価はカバーに表示してあります。

Printed in Japan
ISBN978-4-04-893697-2 C0193

メディアワークス文庫　http://mwbunko.com/

本書に対するご意見、ご感想をお寄せください。

あて先
〒102-8584　東京都千代田区富士見1-8-19
メディアワークス文庫編集部
「朽葉屋周太郎先生」係

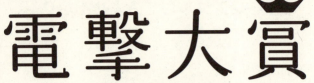